天津港企业文化系列丛书

奔跑者的梦想

《奔跑者的梦想》编委会 著

中国财富出版社

图书在版编目（CIP）数据

奔跑者的梦想 /《奔跑者的梦想》编委会著．—北京：中国财富出版社，2014.10

（天津港企业文化系列丛书）

ISBN 978－7－5047－5395－3

Ⅰ.①奔…　Ⅱ.①奔…　Ⅲ.①寓言—作品集—中国—当代②纪实文学—作品集—中国—当代　Ⅳ.①I217.1

中国版本图书馆 CIP 数据核字（2014）第 226822 号

策划编辑　范虹轶　　**责任印制**　方朋远
责任编辑　苏佳斌　姜莉君　　**责任校对**　杨小静

出版发行　中国财富出版社
社　　址　北京市丰台区南四环西路 188 号 5 区 20 楼　　**邮政编码**　100070
电　　话　010－52227568（发行部）　010－52227588 转 307（总编室）
010－68589540（读者服务部）010－52227588 转 305（质检部）
网　　址　http：//www. cfpress. com. cn
经　　销　新华书店
印　　刷　北京京都六环印刷厂
书　　号　ISBN 978－7－5047－5395－3/I·0169
开　　本　710mm×1000mm　1/16　　**版　　次**　2014 年 10 月第 1 版
印　　张　14.5　　**印　　次**　2014 年 10 月第 1 次印刷
字　　数　168 千字　　**定　　价**　38.00 元

《奔跑者的梦想》编委会

序一

企业文化是企业发展的驱动力

我很高兴又看到一本天津港企业文化系列丛书《奔跑者的梦想》出版了。我感到兴奋的是这65个小故事，其中多数是发生在天津港员工身上的事情，读来生动感人；还有些是古今中外的事例，看后也很受启发；每个故事的后面，还附有对故事的评论，让天津港不同岗位上的人发表自己的感想，很有意味；最后还有公司领导人对企业文化的见解，看后也很有感触。建议大家仔细地读一读，会有许多新的领悟。

2006年年底，天津港出版了一本企业文化的书，叫作《奔跑者的追求》。2014年又出版了一本书，就是这本《奔跑者的梦想》。8年中，天津港发生了巨大的变化：完成了对“世界一流大港”的追求，现在变成了对“世界一流企业”的梦想。要成为世界一流企业，成为一个和谐兴旺的大家庭、一支训练有素的军队、一所培养人才的学校，就必须继续坚守奋发向上的理念，用合理合情的规则训练员工，在长期的运行中形成自己的新的习惯和传统。通过新的习惯力量和新的传统力量推动天津港的持续发展。这个习惯在哪里？这个传统在哪里？在员工的意识中，在员工的行为上。员工点点滴滴的梦想、想法、做法，就能汇聚成巨大的实现梦想的动力。

故事，过去发生的事情。人们通过对过去的事情的记忆和讲述，反映某个范围内人的信仰与行为。天津港的故事是天津港的员工对自身发展过程的一种记忆行为。天津港的员工通过多种故事形式，记忆和传播着企业的理念和规则，促成企业性格的形成。大家都知道的青岛海尔公司领导人张瑞敏砸不合格冰箱的事，这个故事使员工理解了企业对产品质量的态度。这里没有条文，但却比条文令人印象深刻。

天津港的故事就是天津港企业文化的一部分。讲述天津港的故事，就是传播天津港的文化，就是表明企业赞成什么、不赞成什么，就是企业的导向。故事在天津港员工之间频繁地复述和展现，就能让企业的愿景与核心理念形象化，赋予人格魅力；就能让现在的员工和将来的员工分享故事中的文化力量，并继续自然地理解、流传。天津港文化的生命力就存在于员工之中，活跃于员工的口传耳听手写之中。

在企业文化建设上，天津港是一个与众不同的企业。其特别之处在于：第一，坚信企业文化是推动企业发展的驱动力量；第二，坚持进行企业文化的建设，常年不懈；第三，坚决地以员工为本，企业发展，员工获益；第四，坚定地从基层做起，绝不摆虚架子。从员工出发，不断地用身边故事的方式将企业文化深入人心，就是天津港企业文化与众不同的地方。

我感觉企业文化目前最重要的不是语言多么时髦，而是这些语言能否为员工接受，文化能否落地生根。天津港在文化落地生根方面做了许多实实在在的事情。正因如此，文化才成了企业的动力，才有了天津港的巨大进步。我希望大家能从《奔跑者的梦想》中得到启迪，更希望管理者能从中体会到天津港对文化落地生根的努力，更希望企业更深更广地去探讨文化落地生根的方式，使文化真正成为企业发展的驱动力量。

北京大学光华管理学院教授、北京大学前副校长　张国有

2014 年 8 月 6 日

序二

文化领航　奔跑不息

奔跑，代表着一种精神，一种永不停息、勇往直前的精神，“奔跑者”不断战胜自我，跨越一个又一个障碍，向着既定目标前进。天津港就是一个“奔跑者”。1952 年 10 月 17 日，伴随着“长春”号万吨巨轮响彻云霄的汽笛声，天津港迎来了新生。从此，天津港人艰苦创业、风雨兼程，不断改革创新、超越自我，在奋力奔跑中完成了一个又一个宏伟目标。

人类因梦想而伟大，企业因文化而繁荣。支撑天津港不知疲倦向前奔跑的内在动力，是独具特色的企业文化。新世纪以来，天津港实现了每三年跃上一个亿吨台阶的快速发展，谱写了一曲建设世界一流大港的壮丽篇章，天津港企业文化也同步实现了厚积薄发的传承发展。

在半个世纪的历史积淀之上，2002 年天津港将“文化制胜”战略纳入港口整体发展战略，拉开了全面系统开展企业文化建设的序幕，先后推出理念系统、行为系统和视觉识别系统，出版《奔跑者的追求》《缔造优势》《走向深蓝》等文化书籍，逐渐形成了以“建设一个兴旺和谐的大家庭、一支训练有素的军队、一所培养人才的学校”为三大目标、以“发展港口、成就个人”为核心价值理念的“三足两耳”鼎文化体系，“发展、人本、卓越、和谐”企业经营哲学走进北大大讲堂，企业文化建设案例入选北大案例库，连续两次获得全国企业文化示范基地荣誉，天津港文化品牌叫响全国。

当前，作为一个永不止步的奔跑者，一个不断超越自我、追求卓越的奔跑者，天津港正汇聚全港智慧和力量，向着建设世界一流企业的目标奋力前行。天津港将继续坚持战略引领、文化支撑的发展思路，用文化推动企业管理创新，用文化塑造高素质团队，用文化凝聚员工力量，用文化促进企业竞争力提升，永葆天津港基业长青。

作为天津港企业文化系列丛书《奔跑者的追求》的姊妹篇，《奔跑者的梦想》是一本天津港企业文化普及读物，也是一本讲述天津港人自己故事的书。全书以一个个小故事为载体，意在深入浅出、通俗易懂地诠释天津港所倡导的文化理念和文化氛围，为天津港的每一名员工践行企业文化指引方向。同时，《奔跑者的梦想》也是一本记事书。全书坚持“从员工中来，到员工中去”的创作理念，以哲理故事为引子，以发生在天津港员工身边的真实故事为主线，弘扬正能量，展现天津港员工的共同价值追求和梦想。

在建设世界一流企业的道路上，奔跑者的故事还将延续下去，一代代天津港人必将在“世界一流企业、员工快乐之家”愿景的引领下，秉持“发展港口、成就个人”的核心价值理念，薪火传递，接力奔跑，实现一个又一个伟大梦想！

天津港（集团）有限公司党委书记、董事长　张丽丽

2014 年 8 月 19 日

目
录
CONTENTS

第一章

企业文化概述

第一节　企业文化是“什么”

有企业及其管理行为的存在，就有企业文化的存在。企业文化是指企业员工普遍认同，并自觉遵循的价值理念、行为方式以及表现形式的总和。企业文化由精神理念体系、制度行为体系和物质形象体系三个层面组成。

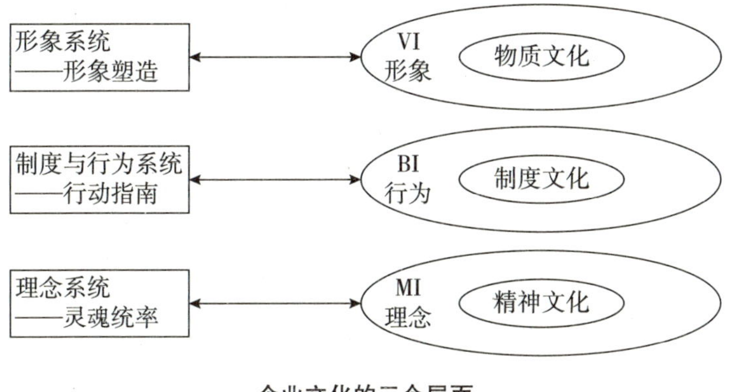

企业文化的三个层面

因为佛知道

一名中国游客到泰国旅游，看中了一件100元的纪念品，于是按照在国内的买卖惯例，和卖主讨价还价。

卖主说："这件商品的进货成本是60元，现在卖给你100元，老板会奖励我16元。如果我60元卖给你，按规定我就一分钱也挣不到了。我做小生意不容易，所以看在我这么辛苦的分上，你就原价买一个吧。"

中国游客想了想，就给卖主出主意："你可以60元卖给我，但我可以私下再给你20元，这样我省了20元，你多赚了4元，你老板也不亏，我们岂不是双赢。"

卖主摇头，怎么也不同意。

中国游客说："为什么？你老板又不会知道。"

卖主说："因为佛知道！"

@ 金岸重工朱宝东：一个人需要信仰，同样，一个企业也需要信仰。如果一个企业没有坚定的信仰，就会失去价值观、世界观。天津港“发展港口，成就个人”的核心价值观肩负着社会赋予港口的希望，支撑着天津港人未来的梦想。

@ 集装箱公司浅浅：企业文化对企业员工而言，不是文言文，需要大声地背诵或是默写出来，而是一种具有正确价值导向的信仰，引导我们前进。

@ 一公司员工：文化信仰可以让人懂得更多的做人道理，做事先学会做人，诚信则是根本。

阿里巴巴的“武功”秘籍

2014 年 1 月 20 日，阿里巴巴创始人马云给全体员工发了一封信。信中称，2013 年阿里巴巴集团日均纳税超 2000 万元，年纳税稳超 70 亿元。对于这家创业才 15 年的年轻企业来说，无疑是一个值得庆贺的成绩。而十多年前，阿里巴巴的目标是赢利 1 块钱。

2001 年年底，马云提出 2002 年要赢利 1 块钱。对于当时的互联网企业来说，能够活下来就非常不错了，更别谈赢利了。这一年，在通用电气工作了 16 年的关明生加入了阿里巴巴创业团队，任首席运营官。

有一天，他问马云，阿里巴巴有没有价值观？马云说有。他又问写下来没有，马云说没有写过，一直都是口口相传。

在关明生的建议下，阿里巴巴总结了 9 个价值观词汇：群策群力、教学相长、质量、简易、激情、开放、创新、专注、服务与尊重。马云将这 9 个词汇称为“独孤九剑”，这是阿里巴巴第一次明确将自己的价值观提出来。随后，阿里巴巴在全国各地的公司墙上都贴上了“独孤九剑”。后来，不断有新同事加入阿里巴巴。马云告诉新来的同事，谁违背了这 9 个词汇，什么都不用说，立即走人。在这种环境下，阿里巴巴拥有了一个良好的组织氛围。2002 年年底，阿里巴巴如愿赢利。

后来，阿里巴巴的业务逐步扩大，淘宝上线，支付宝也应运而

生。员工人数逐渐增多，马云的个人魅力无法投射到每一位员工身上。2004 年，阿里巴巴又进行了一次专题研讨，认为“独孤九剑”没有完全展现出阿里巴巴的个性，也不够简化，于是对原先的价值观进行了整合和提升，提出了新的 6 个价值观：客户第一、团队合作、拥抱变化、诚信、激情、敬业。这 6 个价值观成为了阿里巴巴的“六脉神剑”。

阿里巴巴的“六脉神剑”从改变员工的行为入手，每一个价值观都细分出了 5 个行动指南。比如“激情”就被定义为“乐观向上，永不言弃”。1 分的“激情”是什么样的，5 分的“激情”是什么样的，都有具体的行为描述。在做绩效考核的时候，员工就要依次举出自己的工作案例来跟考官说明。

“六脉神剑”从一个抽象的概念变成了 30 个具体的行动指南。这 30 个行动指南，就成为了价值观考核的全部内容。为了保证员工都能按照价值观的指引行动，阿里巴巴抓住几个典型的案例在全公司内反复地传播与讨论，最终形成了一个高度透明的治理环境、一个互相信任的组织氛围、一个行动统一的团队。

2008 年，阿里巴巴组织了一次“管理者需要什么样的特质”的讨论。在原先的“六脉神剑”基础上，新增了“眼光、胸怀、超越伯乐”三个管理者特质，这 9 个价值观也成了阿里巴巴高管信守的企业文化价值观，被称为“九阳真经”。

每到年底，阿里巴巴不再过分强调业绩指标，而是强调公司的文化和价值观，强调业务流程的改善和效率的提高。对总监以下的阿里人每月进行一次“六脉神剑”考核，对总监以上的阿里人半年进行一次“九阳真经”考核。

2009年，阿里巴巴山东分公司的一名员工发展了一家客户，给公司带来了6位数的收入。但是，以公司当时的能力来说，并没有办法帮助客户从这笔生意里得到他们想要的利益，说白了，就是业务员把他们给忽悠了。这名员工因此得到了不好的绩效评定，公司不仅把这单生意的收入退给了客户，业务员也因为价值观不合格而离开了阿里巴巴。无论你的业绩多么突出，专业技能多么优秀，只要你的价值观与企业文化中的主流价值体系相冲突，都坚决请走。

阿里巴巴不仅对内部考核，在外部招聘时，也会设立一些企业文化方面的问题，评判他们是否能够融入企业，从而决定是否聘用。

如今，阿里巴巴有几万名员工，要让这几万名员工心往一处想，劲往一处使，就需要用共同的价值观，塑造统一的思维模式，让几万名阿里人成为一个整体，群体所拥有的力量超过个人力量的总和，最终能够在互联网的战场上，耍枪使剑，攻城略地。这也让阿里巴巴成为2013年纳税最多的中国互联网企业。

@ 鞠轩：企业规模小的时候，靠创业者的言传身教可以影响员工，引领企业发展。随着企业规模的不断壮大，员工越来越多，企业就要逐步形成促进企业发展的价值观，并以之为指导，形成企业的管理标准和激励制度，这种管理的模式与过程就是文化管理，其作用就是让每一位员工在企业的舞台上意气风发，创新进取，尽其所能。

@ 电力公司郑道疆：阿里巴巴将企业的价值观融入每一名员工的血液里，锻造行动统一的、充满工作激情的、具有创新能力的团队。

@ 生服公司黄飞：企业文化在企业成长发展的不同阶段发挥着至关重要的作用，同样企业文化的不断完善发展也是企业走向成功的标志。

我知道你是干什么的

余萍萍同学是天津大学物流管理专业的一名本科生。暑假期间，老师带领她和几个同学一起来天津港参观学习。参观完天津港博览馆后，她们来到了天津国际贸易与航运服务中心大楼，功能齐全、设施完善的航运服务中心让同学们大开眼界。

快要离开的时候，老师跟同学们玩起了一个小游戏：航运服务中心的大厅里面这么多人，我能猜到他们都是干什么的，你们信吗？

同学们将信将疑，余萍萍随意指了一个正在走路的人。

老师不假思索地回答：干货代的。

余萍萍上前一问，还真是货代公司的，来办单的。

同学们心想，来航运中心的货代人居多，老师刚刚可能误打误撞。再来一次，同学们又指了一个路过的女士。

老师说：八九不离十是天津港下属码头的工作人员。

余萍萍又上前一问，是天津港太平洋码头驻航运中心的窗口工作人员，同学们有点疑惑。

这时，老师又暗暗地指了一个人说："这位男士很有可能是天津港集团的领导，你们别去问人家了。"

同学们一脸诧异，老师微笑着说："不是老师认识他们，也不是老师有特异功能，而是他们身上有很明显的职业特点。"

第一个人，斜挎包，行动迅速，不是快递就是干货代的。快递员大多都穿运动鞋，但他脚穿皮鞋，可能是因为有时需要见客户，

所以我判断他是干货代的。

第二个人穿深色职业套装，挂一胸牌，胸牌上的字虽然看不清楚，但能看到天津港的标志。她手捧资料，走路时抬头挺胸，脸上始终保持着职业微笑，所以我猜她是天津港码头驻航运中心的窗口服务人员。

第三个人虽也穿深色套装，但此人气宇轩昂，背手走路，不慌不忙，走走停停，一路观望，时而锁眉，时而微笑。最重要的是，此人西服上别着一枚天津港的港徽。所以，我猜可能是天津港集团的领导来“微服私访”。

同学们豁然开朗，还是老师经验丰富，通过一个人的着装、行为举止能够分析出他是干什么的，不禁对老师又多了几分崇拜。

老师的“识人术”

@ 鞠轩：长期的工作环境和职业要求使员工形成了固有的打扮、特质、习惯与礼仪等外在表现。通过这些外在表现，人们可判断他的职业或岗位。企业也有自己的外在表现，如企业的办公环境、标志、文明礼仪行为等，这些外在表现同样可以让我们辨识企业。这些外在表现归属于企业的物质文化。

@ 东方海陆郑峰：员工的形象是企业文化的一部分，不仅体现员工的个人素质，也反映了企业的精神面貌和形象。

看得见的文化

上海环球金融中心是位于中国上海陆家嘴的一栋摩天大楼，有一家公司入驻在这栋大楼的第60层。走进这家公司，青石地板砖上墨书方方正正的汉字，多个会议室用“仁、义、礼、智、信”儒家五常区分。头顶有细细长长的鸟笼，隐约有鸟叫声；脚边还有池水汩汩……如果不是看到敞开的办公区域内一个个配有电脑的工位，你会以为置身在文化休闲场所。

这家公司免费为员工提供堪比酒店自助餐的美食，餐厅宽敞明亮，菜品丰盛。从西式的牛排到中式的泡椒牛蛙，从各式甜点到各种水果，一应俱全。

当员工觉得疲惫的时候，游戏室里沙发宽大舒服，健身房里器械齐全。还有一间按摩室，员工只需预约，就可以享受到按摩师的服务了。并且这家公司从来不规定上下班时间，也没有工作小时数的控制。

看到这里，你可能会担心员工在这样的环境里面容易休闲享乐、不思进取。而实际上他们公司的增长业绩可以体现出他们非常进取，且充满创新与活力。这家企业就是著名的IT公司——Google。

开放创新、以人为本是Google的企业文化。所以从办公环境布置到员工福利，上海办公室的各个方面都深刻体现了这两点。比如，办公环境全开放，包括总经理在内没有人有单独的办公室，目的是创造一个开放的环境，大家在一起交流更加方便。靠窗的都是员工的位置，为了让大家能看到风景和阳光，所以公司将所有最好江景的位置全部留给了员工，而其他公共的区域如会议室等则放在里面。

@ 鞠轩：在Google看来，每一个员工都是公司的宝贵资产，公司对员工好，员工才能更好地去创新。办公环境虽然有投入，但是值得。这是“开放创新、以人为本”企业文化的体现。所以说，企业的文化是能够看得见的。

@ 二公司薛霁昭：企业文化贯穿着我们日常的工作，我们享受其中，客户看得见并被感染。

@ 建设公司邹立：优秀的企业文化能够调动与激发员工的积极性、主动性和创造性，把员工的潜在智慧诱发出来，使员工的能力得到全面发展，增强企业的整体执行力。

第二节　企业文化为“什么”

20 世纪 80 年代，西方管理学界开始有意识地对企业文化进行研究，并逐步运用于企业管理实践之中。

进入 21 世纪，在市场经济深入发展和全球经济一体化的背景下，企业文化建设在国内越来越受到企业的重视。以企业文化建设来驱动企业持续发展也成了管理学界的共识。

称谓背后的文化

在联想创业之初，为了提高会议效率，创始人柳传志定了一条规矩：谁要是开会迟到，就要自觉罚站一分钟。有一次，有位同事开会迟到了，这位同事是原计算机所科技处处长，也是柳传志的老领导。柳传志就对这位同事说：老吴，您今天在这里站一分钟。今天晚上，我到您家站一分钟。但现在您必须站，不然今后会议没有办法开。这位迟到的同事站了一分钟，而柳传志也出了一身汗。自此之后，开会迟到的人逐渐减少了。

很多人一开始都把柳传志叫作“小柳”“传志”，随着联想逐渐发展壮大，大家继续这样叫下去，领导者的威信如何能树立起来，又如何能开展业务呢？最后，柳传志终于被称为了“柳总”，联想的很多员工都改了对柳传志的称谓。

从创业期进入发展期，联想就是从“迟到罚站一分钟”，从“称谓变化”这样一件件的小事开始，逐步建立了更加规范的企业文化。

当杨元庆任联想电脑总裁的时候，联想的规范文化已经很明显了，所以将杨元庆称为“杨总”便顺理成章了，员工称“小杨”或“元庆”，会显得很没规矩。

联想背后的文化

但联想这个时期需要倡导和谐、亲情、平等的企业文化，这样有利于创造出上下通气、无拘无束的内部氛围。杨元庆喜欢同事叫

他“元庆”，所以他和副总们挂着与所有员工一样仅写着名字的胸卡，在大门口亲切地迎接他的下属：“某某，你好！”他的同事也以“元庆，您好”回应他。直到现在，“元庆”一直都是联想员工对杨元庆的称呼。

@ 鞠轩：能够支撑企业战略的文化才是好的企业文化，它要随着企业战略的转变而进行重塑和调整。联想从创业期进入快速发展期，再到成熟期，不同的发展时期需要主导不同类型的企业文化。

@ 劳务发展黄文栋：称谓是人员沟通的起始语，是心灵交汇的敲门砖，从称谓可以看出一个企业沟通是否顺畅，称谓能够充分反映出一个企业的文化。

@ 煤码头员工：制度面前不分职务高低，一句亲切的称谓，展现家一般的浓浓文化亲情。

绿色企业公民

地球一小时，也称为“关灯一小时”，是世界自然基金会在2007年向全球发出的一项倡议：呼吁个人、社会、企业和政府在每年三月的最后一个星期六的20:30—21:30期间熄灯一小时。活动的目的是激发人们保护地球的责任感，进一步引发人们对气候等环境变化问题的关注。

每年，万科地产会组织全国几十个城市的10万多名业主共同响应“地球一小时”活动。万科地产集团董事局主席王石也荣任“地球一小时”活动中国区的“企业CEO推广大使”。在万科的企业使命里，有一条价值观就是保护环境、改善环境，形成人与自然的可持续发展。万科集团的愿景是“成为中国房地产行业持续领跑者，卓越的绿色企业”。

除了万科地产集团，沃尔玛、招商银行、耐克、宜家、喜来登等众多知名企业均参与“地球一小时”活动，目的在于以此践行低碳环保和环境可持续发展的承诺，同时也在社会范围内倡导绿色低碳的生活方式。

“地球一小时”只是这些企业倡导绿色环境的一个方面。在他们的主营产业，也在践行着绿色环境的承诺。2012年，万科为了推进“绿色建筑”的实施，特成立绿色建筑专家委员会，聘请外部行业专家和内部的“绿色建筑”专家组成评价组，对自身的房地产项目进行评估和改进。

员工评论

@ 鞠轩：企业作为一种社会组织而存在，承担社会责任是企业追求其经济属性之上的更高一层追求，是先进企业文化的一种体现。越来越多的企业把自己看成是社会中的一位“企业公民”，倡导企业与自然和谐发展的企业文化。

@ 联盟国际周欣：一个负责任的企业首先要拥有足够的责任感，这是破解企业发展障碍的主要动力源。在创造利润、提升品牌影响力的同时，还要承担起对消费者、环境和社会的责任。

老驴与新驴

拉了一天的磨，老驴朝趴在地上的狗诉苦："真累，如果能歇一天就好了。"

狗对路过的猫说："老驴大哥实在太累了，它想歇一天，主人让它干的活太重了。"

猫来到羊圈，对羊说："老驴抱怨活太多太重，想歇一天，明天不干活儿了。"

羊对来串门的鸡说："老驴不想给主人干活了，它抱怨活太多太重。唉，也不知道别的主人对老驴会不会好一点儿。"

鸡对猪说："老驴不准备给主人干活了，它想去别的主人家看看。主人对老驴一点儿也不心疼，让它干那么多又重又脏的活儿，有时还用鞭子抽打它。"

晚饭前，主妇给猪喂食，猪向前一步，说："主妇，我向你反映一件事。你得教育教育老驴，它的思想最近很有问题。它嫌主人给它的活太重太多太脏太累，不愿干活儿了，说要到别的主人那里去。"

得到猪的报告，晚饭桌上，主妇对主人说，"老驴想背叛你，想换一个主人，背叛是不可饶恕的，你准备怎么处置它?"

"对待背叛者，杀无赦!"主人咬牙切齿地说道。

一头勤劳而实在的老驴，就这样被传言"杀"死了。

过几天，主人又找了一头新驴来拉磨。拉了一天的磨，新驴也

很累。于是，它跟狗说：“伙计，我一个人太累了。你要是有空，就帮忙喊喊号子，给我提提神吧！”

第二天，只要新驴累了，狗就会喊几声号子。猫过来了，看到狗在喊号子，就跟新驴说：“不逮老鼠的时候，我给你做做按摩吧。”

羊知道猫和狗帮助新驴的事情，也加入了他们。只要不忙的时候，就与狗一起给新驴喊号子、加油。随后，鸡和猪也加入了喊号子的队伍。

于是，每当新驴拉磨干活的时候，主人家都会传出美妙的动物合奏曲。新驴干活也不累了，每个动物都很开心，产量也不断提高。主人高兴极了，动物们的伙食也得到了改善。

老驴与新驴

@ 鞠轩：老驴和新驴，同样的工作，不同的文化氛围却产生了不同的结局。企业是由一个个员工组成的，企业文化引导每一个员工的行为，每一个员工的行为又反向影响企业文化。组织氛围是企业文化的一种体现。

@ 国际物流张静：充分释放“正能量”的企业文化，一定能激励全体员工的积极性，一定能给员工带来积极信号，一定能够促进企业和员工健康成长。

@ 外理公司贯志君：每个人的人生态度都将影响周围的环境氛围，与种瓜得瓜、种豆得豆一样，付出正能量，必然收获和谐，收获快乐，收获成功。

判若两人

在大学同学的眼中，小丁是一个不拘小节的人：宿舍里日常用品乱摆，经常丢三落四；上课不但经常迟到，而且总是顶着一头凌乱的头发。但小丁天资聪颖，学习成绩好，又乐于助人，所以在同学圈中人缘还不错。

毕业十周年聚会，好几个同学提前打电话提醒小丁聚会时间晚上6点。虽然小丁满口答应，同学们还是再三叮嘱，放心不下。

晚上5点半，很多同学已经到了聚会酒店。大家拿小丁在大学期间丢三落四的糗事逗乐，有的同学还打赌小丁肯定会迟到。

5点50分，小丁来了。进门的时候，小丁看了看表，嘴里嘟囔："幸亏改乘地铁，不然就迟到了。"同学们看到小丁都很诧异，西装革履，头发光亮整齐，连皮鞋都一尘不染。有人打趣："小丁，大学时你的头发犹如鸟巢，今天这么干净，同学中有老相好啊？"

小丁答道："好多年前就改了。"

常言道："江山易改，本性难移。"大家对小丁的改变都感觉很奇怪。小丁慢慢地将这几年的改变经历告诉大家。原来小丁入职的时候，恰逢公司内部推动5S项目，小丁的主管推荐小丁加入了5S项目小组。作为小组成员，自然要带头。公司将5S做了拓展和延伸，不但对办公现场有要求，而且对个人的仪容仪表也有要求。小丁是从仪容仪表到办公书桌，从个人习惯到职业素养，一点一滴地改。刚开始几个月，很不习惯，老被5S委员会点名批评，但是时间长了，大家都严格按照5S的规定来做，小丁就一点一点改了过来。

如今的小丁，不但对自己的外在形象有要求，对自己的行为也非常严格。对于重要的活动，为了不迟到，还备选多种交通方案。

聚会结束，同学们都高兴地起身就走，而小丁起身后，清理了自身周边的垃圾，然后将自己的座椅推回了原来的位置。同学们惊诧地看着小丁，小丁回过神来自己不禁笑了，这是5S项目让他养成的习惯动作。

两个“小丁”

员工评论

@ 鞠轩：环境造就人，企业文化的约束不是制度式的硬约束，而是一种软约束，这种约束产生于企业的文化氛围、群体行为准则和道德规范。群体意识、社会舆论、共同的习俗和风尚等精神文化内容，会形成强大的群体压力和动力，使企业成员产生心理共鸣，达到行为的自我控制。

@ 传播中心李秀军：当制度规范在人们思想上打下习惯的烙印时，企业必然会展现出一种无约束的和谐状态。它已转化为员工内化于心的一种思想、一种职业道德、一种世界观，以及一种行为习惯。

@ 太平洋国际马钊：优秀的企业文化与个体之间的发展是相互促进、共进共生的。

@ 太平洋国际赵德成：习惯决定命运，决定整个人生的成与败。有效改变人生的办法就是去有效改变自己的不良习惯。

企业文化与经营业绩

约翰·科特（John P. Kotter）是举世闻名的领导力专家，也是哈佛大学商学院的终身教授。他和他的团队用了11年的时间，对企业文化经营业绩的影响进行了跟踪和研究。研究数据（见下表）表明：凡是重视企业文化因素特征（客户、股东、员工）的公司，其经营业绩远远胜于那些不重视企业文化管理的公司。他认为企业文化很有可能成为决定企业兴衰的关键因素之一。当然，决定企业兴衰的关键因素是多方面的，有国家政策、技术变革、社会环境等因素，但企业文化肯定是一个具有根本影响意义的因素（见下表）。

企业文化的深远意义

	重视企业文化的公司	不重视企业文化的公司
总收入平均增长	682%	166%
员工增长	282%	36%
公司股票价格	901%	74%
公司净收入	756%	1%

数据来源：约翰·科特，詹姆斯·赫斯克特．企业文化与经营业绩［M］．李晓涛，译．北京：中国人民大学出版社，2004.

@ 鞠轩：正如《企业文化与经营业绩》一书中所言：企业文化会产生极其强有力的经营业绩。无论是对付企业的竞争对手，还是为本企业消费者提供服务，它都能促使企业采取快捷而协调的行为方式，也能引导掌握知识在欢声笑语中跨越经营的险滩。

第二章

天津港集团企业文化理念解读

第一节　奔跑者的力量

企业文化建设目标：家庭、军队、学校

天津港集团要建设成为一个和谐兴旺的大家庭、一支训练有素的军队和一所培养人才的学校。为实现“世界一流企业”的宏伟目标，天津港集团在传承三大目标的基础上，进一步增强外部适应性，即增强天津港集团的产业协同力、市场竞争力和品牌影响力，形成推动天津港集团战略实施的文化力量。

父子对话

临行的前一天晚上，父亲语重心长地对即将上大学的儿子说：“孩子，明天你就要上大学了，除了妈妈交代的以外，爸爸也有三个任务要你在大学期间完成。”

儿子仔细聆听着父亲的嘱咐。

父亲继续说："第一个任务是积极参加学校的社团活动，交几个志趣相投的好朋友。第二个任务是在每个学期结束的时候，在网上搜索你感兴趣的10个招聘信息，看看自己的能力离招聘要求还有多远。第三个任务是找个喜欢的人，让她成为你的女朋友。"

儿子纳闷地反问道："爸，自打我高中起，您不是一直跟我说'两耳别闻窗外事，一门心思读好书'吗?"

父亲说："不同阶段有不同阶段的目标。高中的目标就是能考上一个好大学。现在考上大学了，大学的目标不仅仅是学习和考试得高分。在大学里，你要学会独立自主地生活，要学会与他人协作共处，还要学习职业技能为未来的工作打好基础。除此之外，中国大陆法律规定男人22岁就可以结婚了。如果在大学里遇到喜欢的女同学，不用羞涩，可以主动追求。"

儿子听完父亲的一席话，点了点头，愉快地说："保证完成任务。"

父亲的嘱咐

@ 鞠轩：不同的人生阶段有不同的成长目标，企业的不同发展阶段有不同的发展目标。“世界一流大港”的主要目标是规模和效益，“世界一流企业”的目标除了规模和效益等硬指标外，还有核心竞争力、品牌价值、社会影响力等软要素。

@ 东方海陆曹宏凯：在企业的不同发展阶段，要制订符合自身特点的发展目标，这样才能实现企业的长久发展和效益最大化。

@ 东方海陆陈钢：企业和个人一样，要想不断发展、完善自我，必须适时设定新的、具备竞争力的目标。

“拿破仑”的命

一个小伙子在汽车修理厂打工，工作环境比较差，一天工作下来浑身都是油污。每晚睡觉前，这个小伙子都在想，难道我以后还是如此吗？我的命运就是这样吗？

听说广场街角有一个“半仙”算命很准，小伙子就想去问问自己的命运。半仙对着小伙子的脸和手看了好一会儿，口中念念有词：“小伙子，你这是拿破仑的命啊！”

小伙子听了非常高兴。拿破仑是谁啊？世界上伟大的军事家和政治家。半仙都说我是拿破仑的命了，说明我以后一定会飞黄腾达的。小伙子高兴地给了半仙50元。

从此，小伙子像变了一个人一样，干活积极主动，心思也活了。小伙子觉得既然是拿破仑的命，就不能像一般人一样。他休息时间听广播，跑图书馆；平常遇到不懂的就查资料，问同事。他的性格也开朗了很多，甚至跟很多车主都交了朋友。

三年后，小伙子开了第一家汽车修理厂。十年后，这个小伙子的修理厂已经遍及全省，有十多家了。

这天，他又路过广场，想起十年前打工时的情景，于是想去感谢一下点拨他人生命运的半仙。半仙还在那里，只是两鬓斑白了些，人老了一些。

小伙子上前感谢半仙，半仙仔细地端详了小伙子之后，说道：“我想起来了！当时，你每天都拿个破轮胎从广场走过。垂头丧气

的，没点精神，觉得你一辈子就这样了，所以我说你是拿破轮胎的命，没有想到你竟然做老板了，恭喜恭喜！”

“原来是拿破轮胎的命！”小伙子听后哑然，恍然一下，又暗自觉得很庆幸。

小伙子的“拿破仑”命

员工评论

@ 鞠轩：误听一字，改变人生！建设世界一流大港，几代人用了几十年的时间。建设世界一流企业，可能还需要几代人不懈的努力。而天津港人的奋斗动力源就来自对创建世界一流企业梦的坚定信念。有时候，我们因为梦想而坚持；有时候，我们因为坚持而收获梦想。

@ 天津港党校教师：这是一个美丽的误会，这个误会改变了小伙子的人生，改变了他对生活的态度。米卢曾经说过：态度决定一切。

@ 集装箱公司浅浅：真正改变命运的，不是我们的态度，而是我们内心敬畏的价值观和确立的目标。

温故而知新

“我们公司亚洲区总裁希望6月份来天津港集团交流访问，是否可以帮助协调安排?” M船公司天津办的负责人给小陈打来电话。

“好的，协调之后跟您电话确认。”小陈从容地回复。

这是小陈日常工作中常见的一幕。在很多人看来，小陈身居“要职”。她的主要工作职责是外事和接待，人脉关系广，接触高级领导的机会多。但小陈一直感觉如履薄冰，因为她自己很清楚，任何一个小的失误都有可能会影响天津港的形象。而近一年来，小陈工作时状态明显轻松了很多，她认为主要得益于企业对她自身的再教育。

小陈本科读的是工商管理专业，按理说管理学知识并不缺乏。但知易行难，原本小陈一直觉得书本上的知识与自己的工作关联不大，直到在中青班上再次听到老师结合生动的案例讲解经营管理知识，小陈才恍然顿悟，原来工作应该这么干。

最让小陈印象深刻的莫过于管理五要素（计划、组织、指挥、协调、控制）对工作的指导与帮助。以往接到外事任务的时候，责任感促使小陈要把事情干好。可怎么干，干什么，从何干起，没有形成清晰的思路，往往是想到一件事情做一件事情，一群人忙得团团转。

现在小陈理论联系实际，将管理五要素与实际工作结合起来，按部就班、井然有序地完成任务。接到任务通知后，小陈首先会跟同事一起讨论和制订工作计划，列明工作清单；其次，与涉及本次任务的部门和单位逐一沟通协调资源和时间，明确任务的分工和进度；最后，任务开始之前，还需要再一次对每一项细分任务和时间节点进行确认，对有风险的环节提出备选方案，直至任务万无一失。管理五要素的应用让小陈的工作更加得心应手，人也更加自信从容了。

@ 鞠轩：中青班是天津港培养后备干部的培训班。通过中青班的培训学习，小陈将理论与实践相结合，运用在日常工作当中，起到了事半功倍的效果。中青班只是天津港培养人才的一种方式。天津港还为不同群体的员工提供了各种形式的培训与教育机会，目的是成为一个培养人才的学校，为实现世界一流企业的目标提供人才队伍保障。

@ 集团组织部倪馨萌：“工欲善其事，必先利其器”，持续不断的培训不仅使员工得到知识和能力的提升，还会使员工发自内心地感激企业为他们提供了实现自我的机会，进而增强企业的向心力和凝聚力。

@ 劳务发展黄文栋：学以致用，边学边用，用理论指导实践，实践能更深入地丰富我们对理论的认知。我们要学会重新审视再出发，回归本质再提升。

超市主管

小王和小李同住一个小区，两人也同在一家超市上班，相同的采购员岗位，所以也拿着同样的薪水。一段时间之后，小王被提拔为了采购主管，而小李却原地踏步。小李有点想不通，一直想找机会问问老板怎么回事。

趁一次喝酒的机会，小李借着酒劲向老板直言："我们都是采购员，而且我平常比小王还忙乎很多。为什么他升职了，而我却没有动啊?"

老板一边耐心地听着他的抱怨，一边在心里盘算着怎么跟他解释清楚他和小王之间的差别。

一天傍晚，老板把小李叫到办公室。

"小李，"老板吩咐说，"你去城乡贸易市场一趟，要上一批土豆。"

半个小时后，小李回来了，跟老板汇报说："今早贸易市场上只有一个农民拉了一车土豆在卖。"

"一共有多少公斤？这批土豆是否新鲜？能保存几天?"老板问。

小李赶快又跑到集市上，然后回来告诉老板一共有40袋土豆，昨天挖出来的，保存一个星期没有问题。

"是否可以定期供货？如果持续供货，价格还能再便宜吗?"老板又问。

小李又决定跑到贸易市场再问问。

老板对他说："你先在我这里休息一会儿。"

老板把小王叫到办公室，同样的任务分配给了小王。

一个小时过后，小王回来了，向老板汇报说："到现在为止，只有一个农民在卖土豆，一共40袋，价格是2元一斤。同等土豆以往要卖到2.2元，卖2元属于质优价廉。农民说是昨天刨出来的，看土豆表层的色泽和水分，不像是说假话。我带回来一个，您看看。"

"这个农民家里还种西红柿，马上西红柿就要上市了。如果需要的话，还可以给我们供应西红柿。我把那个农民家的地址也要来了，如果需要可以去他家看看。"

此时，老板看着小李说："现在你知道为什么是小王当主管了吧?!"

小王与小李的差距

员工评论

@ 鞠轩：脚踏实地、令行禁止、不折不扣地完成任务是执行力的三个关键要素。在此基础上能够多想一步，能够多走一步，就会显得更加智慧，才能成为一支英勇善战的团队。

@ 监理公司员工：一个合格的员工不应该只是被动等待领导指挥，而应该主动挖掘市场，认真规划，然后全力以赴地去完成任务。

@ 联盟国际员工：同样的工作，执行的深度和广度却因人而异，这正是工作态度的反映。优秀的员工懂得立足本岗，深挖工作的质量和潜在的可能性。

做好分外工作

陈先生是外方派驻天津港合资公司的高管，其女儿日前被一所国外大学录取。校方要求其提供一份英文版体检证明方可入学。陈先生为此与泰达医院、天津第五中心医院等多家医院联系，但均因无法提供英文版体检证明而作罢。陈先生焦急万分，不知去哪里办理、找谁办理。

陷入困境中的陈先生，忽然想起了天津港公安局外事管理科在“大走访”活动中留下的警民联系卡。抱着试一试的心态，陈先生按照联系卡上的号码给外事管理科拨通了电话。

外事管理科接到电话，了解相关情况后，研究认为此事虽不属于外事管理科的业务范畴，但却关系到天津港乃至滨海新区的投资环境，也关系到港口公安机关服务企业的对外形象，对在天津港工作的外籍人员有着很大的影响。因此，外事管理科高度重视此事，决定把分外工作当作分内工作去做，进一步密切警企之间关系，特别指派业务熟练的民警负责此事。

外事管理科民警迅速与滨海新区卫生局、天津检验检疫局等单位进行多方咨询和联系，得知位于天津新港六米的天津国际旅行卫生保健中心可以提供相关的体检证明。民警立即将此情况告诉陈先生，同时又考虑到中文交流的障碍，特意安排专人陪同陈先生和他女儿前往天津国际旅行卫生保健中心，协助办理了相关体检证明。

在办理完体检证明后，陈先生激动地对陪同办理手续的民警说：“我原对咨询这事也只是抱着试试看的心情，没想到民警这么热心，

不但帮我们查找受理机构，而且还全程陪同、协助我们办完全部手续，天津港民警的服务真是太细致了，简直就是我们的亲人！”

@ 电力公司李苏汀：看似分外之事实际上却潜在影响着整个公司乃至地区的整体形象和对外吸引力。在分外工作中同样尽职尽责，这才是企业文化的成功之处。点赞！

@ 石化码头李月：做好自己的本职工作应该是“规定动作”，然而一个企业好口碑的形成不仅仅是依靠这些“规定动作”，更应该结合实际工作再多做一点儿“自选动作”，也正是最能体现企业的核心价值观念和企业文化，天津港公安局正是做好了这个“自选动作”，让企业得到了社会的肯定，为整个天津港增添了光彩。

最基础的服务

婚期将至，两位原本应该陪未婚妻一起选购结婚物品的准新郎官赵坤、陈德玉却整天“泡”在东疆现场。

“赵哥，马上要结婚了，怎么不陪嫂子去买东西啊?”陈德玉心知肚明，打趣地问赵坤。

“你也快结婚了，不也在这里窝着么？嘿嘿，咱俩同命相连啊!”赵坤说完，随即两人哈哈大笑。

“站了几天，腿肿成这样，总不能一瘸一拐地挽着新娘去敬酒吧。你去医院看一下，这里先由我盯着!”陈德玉提醒赵坤。

“万一有故障，你一个人盯不过来。先抹点药膏，看看能不能消肿!”赵坤回答陈德玉。

“真行啊，轻伤不下火线！演出顺利了，我请两位师傅喝酒。”传媒公司的员工也加入了对话。

“演出顺利结束，我俩请你喝我们的喜酒。”两人答道。

东疆沙滩“中国好声音”演出圆满成功。赵坤和陈德玉相视一笑，悬着的心终于放了下来。他们可以陪准新娘快乐地大采购了。原来，“中国好声音”将在东疆沙滩汇演，作为天津港电力公司保电组的成员，两位师傅需要守护好晚会的供电设备，保障演出的供电使用。

有人说，信息时代，马斯洛的需求理论需要再往下延伸两个需求（见下图）：Wifi 需求和电量需求。也许，您刚刚在电脑上熟练地

发出一封电子邮件；也有可能您驾驶着一辆“油改电”的场桥在装卸作业；或者您正在阅读着微信的朋友圈。而这一切都与他们的工作息息相关。

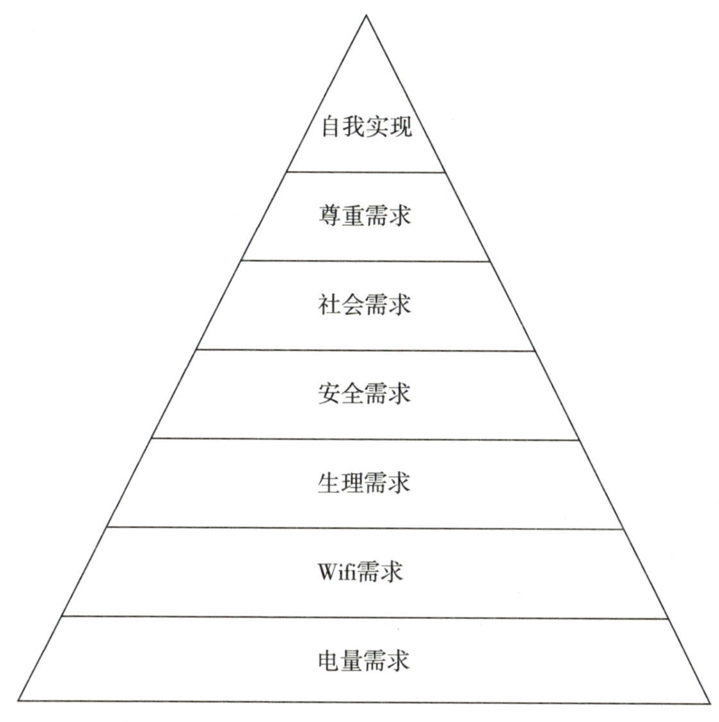

马斯洛需求理论的延伸

同一个家庭，同一个梦想。电力公司只是天津港辅助产业的一员，却为天津港的发展提供着最基础的服务、最有力的保障。

@ 鞠轩："港口发展，电力先行！"这句话不只是口号。很多普通的人和物，平时是那么平凡、不起眼，甚至没有进入我们的视野。如同我们的小手指，是那么弱小、无力，当握起拳头时，才发现每个手指都拥有无可替代的价值。

@ 二公司员工：爱岗敬业，拼搏奉献，看似平凡，实则伟大。千千万万辛勤奉献的津港员工，用汗水书写奉献，用行动诠释奉献。

@ 建设公司萧白：最基本的东西往往是最容易被忽视且最难保证的东西，失去它所带来的影响必定是最严重的，所以当我们在享用它时，应该感谢每一位为此默默做出奉献的人。

@ 二公司黑双霜：有些产业没有业绩的簇拥，有些工种没有台前的闪耀，但正是这幕后的坚守与担当，才是撑起整个舞台的力量。天津港的正常运营离不开辅助产业的基础支持，天津港的发展超越更离不开无数默默坚守岗位的员工。

大家与小家

2014年春节前夕，刘香荃再次体会到企业大家庭的温暖。接过沉甸甸的8万元救命钱，刘香荃感激之情溢于言表。

前年，焦炭码头员工刘香荃被查出患有白血病，这样的噩耗对于这个家庭来说犹如晴天霹雳。由于丈夫早年下岗，儿子上学花费繁多，日子本就不宽裕。如今又得了这么一个病，这让她一度打算放弃治疗。看着心急如焚的丈夫，望着还未成家立业的儿子，日渐憔悴的刘香荃对这个家庭有太多的牵挂和不舍，但面对近百万元的高额医疗费用，她求生的希望陷入谷底。

焦炭码头公司一方面启动“一日捐”助困资金，另一方面马上将刘香荃同志患病的情况向集团公司工会汇报，经集团公司工会审查，符合申请“大病救助”的条件，随即启动“帮扶解困”机制，不到一周的时间，8万元助困资金便迅速交到刘香荃手中，第一时间解决了手术费的燃眉之急。

去年年初，刘香荃成功实施造血干细胞移植手术，脆弱的家庭重新燃起了希望之火。但让刘香荃没有想到的是，手术虽然成功了，术后恢复性治疗费用同样庞大，眼看就要被迫中断治疗。集团公司工会了解情况后，再次伸出援助之手，于2014年春节前将第二笔8万元“救命钱”送到刘香荃手中。

不到两年的时间，刘香荃同志得到了集团公司工会两次援助，这16万元“大病救助”金为这个家庭减轻了负担，给刘香荃同志带来了希望。

逐渐康复的刘香荃曾经说过这样一段话："如果没有天津港这个大家庭，我这个小家就散了，我庆幸在这样一个极富人情味的企业中工作。"

集团是个大家庭

员工评论

@ 集团工会刘红利：天津港大病救助制度的建立在全市乃至全国都走在前列，它为困难员工筑起一道新的救助屏障。扶危济困，共筑和谐！

@ 培训中心员工：帮扶解困工作是落实天津港"以人为本"企业文化的具体体现，是企业关心困难职工、为困难职工排忧解难的具体体现。帮扶解困利在当代，功在千秋，意义深远！

@ 天津港党校王筱维："人"是企业中的核心要素。在心灵上给予关怀和慰藉，则更能产生凝聚力和感召力。营造"家文化"，增进亲人般的感情，促进企业发展观念和员工价值观念统一起来，是企业文化的真正价值所在。

生动的企业课堂

“在卸车作业时，司机李某驾驶一辆别克凯越轿车在F层与E层通过坡道时，与水密门上突出的螺丝发生轻微剐蹭，造成副驾驶侧门把手出现划痕。谁来分析一下事故原因？如何防范呢？”课堂上，曹老师引入了一个事故案例让学员们分析。

顿时，下面的学员七嘴八舌地议论起来：“螺丝太小，没看见”“太粗心，仔细点”“没观察好路线状况”……

“大家说得都不错，准确地说，事故原因主要有两方面：一是驾驶员未观察好坡道两侧突出物，未掌握好车体两侧的距离；二是坡道较窄，通过时车体两侧各有不到12厘米的距离，螺丝小不易察觉，这是事故发生的客观原因。”

“这个案例的防范对策应该是，在通过安全二等小型船舶狭窄坡道时安排信号员辅助指挥，司机作业前要对路线上的危险预警进行观察，熟悉危险点。”学员们认真地听着讲解，时而点头，时而凝思，时而做笔记，把自己认为重要的地方重点标注。

“通过上面案例，大家都知道‘无危则安，无损则全’，安全无小事，零事故不是我们追求的目标，零风险才是我们的永远目标。”一堂精彩的安全内训精品课程开始了。

这是天津港滚装码头有限公司自主开发的一堂精品内训课程，授课的老师正是公司一位部门副经理。在企业文化建设目标——一所培养人才的学校的大背景下，天津港滚装码头公司自开展培训

至今致力于搭建网格化的培训体系，即纵向——需求、实施、评估、反馈四个层面，横向——公司外训、基础内训、部门内部分享三个层面的培训。2014 年，公司在此基础上纳入“专业化内训”，即精品课程内训，同时也将此作为培养专业化滚装人才的核心，至此基本形成了四纵四横的网格化培训体系。在 2012 年度《商业评论》杂志和北京北森测评技术有限公司联合测评中，经过激烈角逐，公司从两百余家企业中脱颖而出，获得“中国最佳人才发展企业”称号。

集团的人才发展思路

员工评论

@ 集团安监部王文发：安全无小事。通过一次内部培训课程让大家了解了滚装码头的企业文化，也看出公司领导和员工对企业文化建设的重视，细节决定成败。

@ 公安局闫文辉：培训是提高企业员工素质的有效手段，贴近实际的企业内训，提高的不仅是一种工作技能，而且是一种对岗位工作的责任感、认同感。

@ 欧亚国际康悦：古人云："凡事预则立，不预则废。"我们在做事情之前，要做好周密的准备和计划。"未雨绸缪"未必能大获全胜，但至少能减少差错，不至于输在自己的手中。

第二节　实现梦想的动力

企业愿景：世界一流企业、员工快乐之家

天津港集团致力成为具有较强国际竞争力和品牌影响力的跨国企业集团，致力成为一个让员工拥有归属感的大家庭、一个员工乐于为之奉献的组织。

当一块石头有了愿望

法国一位名叫薛瓦勒的乡村邮差，日复一日地穿梭在宁静秀美、古朴苍茫的乡村。生活没有波澜，也没有奇迹，就像脚下的小路，蜿蜒却没有意外的景致。

有一天，他在崎岖的山路上被一块石头绊倒了，拿起石头一看，发现石头十分美丽，仿佛是遗失的宝石，被蒙上了岁月的风尘，一旦拂去风尘就会在瞬间发出耀眼的光芒。薛瓦勒爱不释手，便把它带回了家。晚上他疲惫地躺在床上，突然一个念头闪过，如果用这样美丽的石头建造一座城堡，那将会是多么迷人。

于是，他每天在送信途中寻找各种奇形怪状的石头并带回家。为了捡回更多的石头，他开始推着独轮车送信，只要发现他中意的石头就往独轮车上装。这样，他白天送信捡石头，晚上天马行空地垒造自己的城堡。许多人认为他这是异想天开，痴人说梦，他却不为所动，依然故我，幸福地建造着自己的城堡。

二十多年的时间里，他不停地寻找石头、运输石头、堆积石头，终于在他偏僻的住处，出现了一座错落有致的城堡。现在，这座城堡成为法国最著名的旅游点之一，它的名字就叫作“邮差薛瓦勒之理想宫”。

被一块石头绊倒的薛瓦勒

在城堡的石块上，当年的许多刻痕还清晰可见，有一句话就刻在入口处的石头上：“我想知道一块有了愿望的石头能走多远。”据说，这就是那块当年绊倒过薛瓦勒的石头。

员工评论

@ 煤码头员工：其实我们也是一个整体，就像我们天津港提出的“世界一流企业”的愿景，每一个有用之才构筑的基石最终会成就天津港这座梦想的城堡。

@ 劳务发展杨光辉：人的愿望就像黑夜中的一盏明灯，看到多远就能走多远。

@ 劳务发展孟召金：你的梦想有多大，你前行的路途就能走多远，最终也必能缔造出一个令人拍案称奇而又使人不解的奇迹。

三代人，港口情

81 岁的夏老爷子是个“老港口”，身体倍棒，吃嘛嘛香。老爷子喜欢散步，每次散步后，都坐在沙发上听新闻，有时听着听着就睡着了。这不，夏老爷子眯着眼，手里的烟还没点，鼾声已响。

夏老爷子的儿子夏友在一旁看着老爷子进入了梦乡，嘴角露出一丝微笑，突然转过身来对女儿说：“我跟你讲讲咱们家和天津港的故事吧。”

很久以前，天津港码头上锣鼓喧天，人们喊着号子，你抬我杠，热闹非凡。一个二十来岁、穿着军装的小伙子大步走来，敬了个礼说：“同志您好，我叫夏金海，刚从部队转业，来天津港报到，请接收。”这位小伙子就是你的爷爷。

随后，你的爷爷便投入到干劲十足的人潮当中。伴随着“手钩、垫肩、破棉袄”的时代，一干就是十多年。十多年后，天津港筹建修建科，着手六米的规划建设。当时货场全是土地，坑坑洼洼的，连人走着都费劲，正赶上西哈努克亲王访问天津港。你爷爷带领着全科七十余人，到全国各地进行采购、订货，用最短的时间就把货场修好了，看着访问团的小汽车在港区平整的马路上行驶，你爷爷别提多高兴了。

后来码头变长了，也变宽了。你爸爸也进入了天津港工作。爷爷有次去爸爸单位，看着码头堆满的货物，心里很着急，想着这么多货得干到什么时候啊。再往远看，却看见一吨吨的货物被几十米

高的大吊车轻轻吊起、放下，一会儿就接卸完了。爷爷这才知道原来天津港有了新三宝：吊机、拖车和电脑。爷爷叹道：“这大家伙可真厉害，人得搬到什么时候啊，看来人多力量大的时代过去了。”

如今爷爷退休了，我也两鬓斑白，你也进入了天津港工作。天津港更长更宽了，而且更智能了。吞吐量越来越多，需要干活的人却越来越少。那么多的集装箱，那么多的货物，你凭一个小小的手持设备就能全部清点核算过来，这在以前是不敢想的。

咱们家祖孙三代人见证了天津港从人抬肩扛的过去时，发展到机械大型化、业务多元化的现在时，港口的将来时是什么样的，就留给你们建设和发展了！

“嗯。”女儿夏春燕回答父亲的话，脑海中浮现出最近听到的一个新概念：“智能化码头，无人作业。”

三代人的天津港

员工评论

@ 滚装码头杨学功：让人敬佩的港口三代人，他们伴随着天津港的时代变迁，从一片盐碱荒滩坚守并创造出了一片新的天地。

@ 国际物流员工：爷爷、爸爸、女儿，手钩、垫肩、破棉袄，吊机、拖车和电脑，手持设备，三代人经历了天津港三个时代的变迁。作为天津港人，我们要跟上前进的步伐，迎来天津港新的变迁。

@ 外理公司张磊：企业的优劣会从员工的忠诚度来体现，当一个家族三代人心口相传为一个企业而奋斗的时候，这个企业无疑是成功的！

@ 集团工会李悦亮：三代人，见证变革；港口情，追逐梦想。时间在变，事物在变，人在变，唯一不变的是那一缕缕浓浓的港情，是那一代代人心中的梦想！

心的舞台

小黄是研究中心的一名研究员。近来，他的妻子发现他与以往有点不一样，并持续了很长一段时间。往常吃完晚饭之后，他会跟家人一起看看电视娱乐节目或上网看看社会新闻，如今，他不再这么悠闲，而是坐到了书桌前。这是近一年多来，他养成的一个新习惯。

码在书桌上的，除了《中国港口》《港口经济》《中国航务周刊》等港航类的刊物外，还有《再造招商局》《规模质量效益》《中国企业家》等刊物。小黄每天都会用下班之后的一个小时来阅读这类书籍，这一个新习惯源于天津港从世界一流大港到世界一流企业的战略转型。

几年前，小黄从上海海事大学硕士研究生毕业，成为了天津港研究中心的一名研究员。作为一名行业研究员，港航业内动态、货类产经观察等是小黄每天主要的阅读资料。如今，世界一流企业的战略目标让小黄的研究范围更宽更大。在小黄看来他所需要的知识不能局限于港航企业，还包括世界上那些优秀企业的战略研究和发展模式等，甚至是一个火锅店的服务创新都可能会成为他关注的内容。

小黄只是研究中心的一名成员，世界一流企业战略目标提出之后，更多的信息收集，更大量的数据分析成为研究中心的工作常态。

对于小黄和他的同事来说，改变这一个习惯仅仅是开始……

小黄与天津港共成长

@ 集团总裁办员工：好习惯是通往成功的必经之路。改变习惯固然痛苦，倘若坚持，你的人生境遇也会因此而改变。

@ 天津港党校教师：机会总是在变动中产生的。当企业新的发展浪潮出现的时候，谁最先做出积极的回应，谁就能与企业共同成长。

@ 集装箱公司张国栋：创建世界一流企业，需要千千万万像小黄这样的员工，转变观念，放眼世界，立足本职，加速发展！

@ 集装箱公司李树清：未来企业间的竞争，不是大鱼吃小鱼，而是快鱼吃慢鱼。学习力是决定企业能否加快奔跑的核心与关键。

无水港也冲浪

张文从石家庄赶往天津参加同学聚会。又是五年没见面，同学见面那是倍感亲切，你一言我一语地说个不停。只见老李电话响个不停，进进出出地打个没完。

张文打趣道："老李啊，升老总了吧，那么忙，吃个饭也不得清闲?"

老李忙道："张子，你就打趣我吧，升什么官啊，没降就不错了，你是干物流的，还不知道多麻烦啊? 订舱、报关，哪一样省心啊?"

张文诧异道："不成立无水港好多年了吗? 老兄不会还自己跑天津通关吧?"

老李坐下说："和无水港合作，我也是常客。前几年通关，还真要开车到天津办理，要不在石家庄报关后再转关，这样最快也要3～5天。现在有了无水港，一站式就能完成报关、报验，而且货物还可直接集港到码头，不用倒了，节省了不少时间和费用。"

张文接着问道："那你还忙嘛呢?"

老李叹道："你真是太官僚了，具体业务也生疏了吧。你不得随时了解货物放行、装船情况啊，这可是我们VIP的货，光打电话、发传真联系就牵扯多少人力和物力啊。"

张文笑道："老李你是out了，今年天津港推出了'线上无水港'平台，不用再打电话查询了。你现在只要登录平台，就能实时查询船舶动态、货物信息，这可是国内港口推出的第一个线上系统，就跟我们在淘宝上买了东西之后，根据订单号查询物流信息类似，

只要输入单号，就能知道货物的相关物流信息。”

说着张文又拿出手机：“老李，现在是网络时代了，无水港也冲浪了，你看，只要在手机中安装该软件，就能随时随地查询船舶动态、货物进出港等信息，还能收到物流资讯、港口资讯，现在安卓和苹果手机都能用了。”

老李笑着道：“三天不学习，赶不上同学了！来，张子帮个忙，先查查我这票放行了吗。”

@ 二公司黑双霜：从两头跑到建无水港，再到推出线上无水港，天津港的每一个变化都借势科技进步，每一个前进方向都以客户的需求为指引，每一步发展都秉承客户至上的理念。

@ 集团业务部丁凯：向着建设一流企业的目标迈进，跟上网络信息时代的步伐是必由之路。

@ 二公司员工：网络经济时代，员工积极性与创造性及附属于员工的知识对企业文化的影响、对企业的成果比以往任何时代都重要。

美丽港口

初冬的早晨，季姐送孩子上学，雾霾天气让季姐的心情也黯淡了几分。来到学校门口，季姐觉得空气更差，呛人，猛然间抬头一看，远处一个大烟囱在呼呼地冒烟，心想：建设美丽天津，怎么城区内还有烟囱“冒黑烟”呢，我得向环保部门反映反映。

回到办公室，季姐就给环保部门拨去了电话。接电话的是位年轻的小伙子。

季姐说：“同志，你好！我想反映一个问题，我们现在都建设美丽天津，减少雾霾，取缔燃煤锅炉，咱们滨海新区怎么还有小型燃煤锅炉呢？这烟囱的烟呼呼地冒着，是一个大污染源啊。现在，天津港都看不到烟囱了！”

小伙子解释道：“我们现在也正在逐步进行淘汰，没有通知说不让使用了啊！”

季姐接着说：“不对呀，咱们2007年就开始‘碧海蓝天工程’，淘汰小型锅炉了。现在10吨以下的锅炉一概都不允许烧了，你看那周围地方的空气太差了，呛得人们直咳嗽。”

小伙子愣了一下，说：“对啊，我想起来了，是有相关规定。现在我们也正在开展美丽天津的活动，对您反映的情况，我们将安排相关部门进一步核实，如属实的话，坚决予以取缔。您对环保政策法规真熟。谢谢您！”

季姐一边摇着头放下电话，一边还喃喃自语道：“天津港停了十

多台燃煤锅炉，改用地源热泵，可外边的烟囱没有人管啊……”

办公室里同事都笑道：“你们瞅瞅，季姐三句话不离本行，又‘传教’了。环保部门的小伙子没想到遇到一个同行，还是专家级的，哈哈。”办公室里一片笑声，大家都为季姐的这一通电话叫好。

其实，最令季姐和她的同事们自豪的事情，还要数 2012 年天津港被国家评定为“绿色循环低碳港口”试点单位，全国只有四家。作为试点单位，国家有政策和资金，将会更好地推动港口生态城的建设。每每提及于此，季姐的喜悦之情都溢于言表。

@ 石化码头李月：作为一名员工，有责任也有义务为企业的发展承担责任。作为城市的居民，更有责任为城市的发展贡献自己的力量。

@ 五公司员工：风清、水绿、天蓝、花香、草盛、树茂……今日点滴努力为了明天更加美丽的天津港。

@ 五公司员工：创建美丽港口是每个天津港员工的责任，将本职工作与推动港口生态城建设相结合，用生态绿化港口点亮繁华城市。

识时而拾食

去年小张和他的小伙伴们从管理层那里领到个任务，让同事们在公司食堂用餐如同在家里一样。

如今一年多过去了，我们一起来看看小张的任务完成得如何。

麻布装饰的墙面、餐桌上玻璃瓶中的绿植、墙顶简约大气的筒灯……无不让人联想到文艺范十足的咖啡厅。只有门口的钢铁墙在提示着我们：这里是一个员工食堂。

水牌上，一个个应时应季的菜名践行着一个企业食堂的主张：识时拾食，人应该在不同的节气吃不同的食物。

继续往前走，食堂标志墙上，一排排文字传承着老码头的精神密码：有一种吊装叫戴嚼子，有一种帮忙叫替头，有一种吊车叫蛤蟆……这些或已消失或还存在的“码头术语”，把天津港人辛勤劳动中的诙谐与智慧巧妙地结合，以古朴的形式刻画在墙上。临近一侧的墙壁上则分布着来自公司领导及员工的各种文化哲语，种种充满思想闪光点的语言叫人驻足回味。

二楼墙上的挂画，也是与众不同。挂画内容是员工肖像及其相关的工作职责，比如，“我是一名资产管理员，我的职责要求我不仅要通过管理达到提升效率的目的，而且要让每一位员工形成延长资产寿命的意识”；“我是一名单船计划员，我的职责不仅是要保证配载的科学性，更要成为效率和成本提升的引领者”。这种用个人使命替代职责内容的表述方式，让我们感受到平实语言背后涵盖着的丰富内涵。

木质桌椅，简约大气，这是采购小组几进香河家居基地购置，所有的材料都是本着“三最”的原则购买的：用最少的钱、最大的精力，去做最文化的事。

餐厅的所有细节都体现着节俭，浸润着环保，彰显着文化。对于小张和他的小伙伴而言，评判标准只有一个：员工用餐的时候，脸上的表情是否轻松和愉快？

@ 汇盛码头王静：与热火朝天、繁忙紧张的码头作业相比，营造良好的就餐环境是太微不足道的一个细节。然而，正是这些细节，却像大脑控制着每一根神经末梢一样深刻影响着每一名员工的信心、勇气和力量。

@ 东方海陆曹宏凯：企业文化是企业核心竞争力所在，适度宽松的工作环境有利于企业文化凝聚力的形成，而凝聚力则是企业发展的巨大动力。

追逐梦想的人

小东怀着对未来与生活的期盼，步入了天津港的怀抱，成为了一名民警。初来乍到，小东仿佛有着无穷的动力，对什么事物都感觉新鲜、好奇，对各项工作都激情四射。

但随着时间的推移，工作日复一日地重复着，逐渐发觉巡逻、走访是日常工作不变的主题，调解纠纷才是与人最深刻的交流，谩骂与白眼也不时出现在身边，小东的心渐渐地冷了，难道这就是民警社会地位最真实的写照吗？工作变成了一杯白开水，热情也很难再充斥到血液之中。

直到有一天，小东坐在桌旁，一边不紧不慢地审查资料，一边想着中午可能出现在餐桌上的美味。审定手续齐全，小东拿起章，“咔”的一声，在审批表盖上了章，将审批表递了回去，随口说了一句：“小心外面地滑啊！”说完又要准备干别的事了。

令他没想到的是，办事人居然拿着审批表，站在他面前特别认真地说：“你是我见到态度最好的民警，谢谢！”

小东抬头愣住了，望着他的眼睛，知道他是认真的，那句发自肺腑的“谢谢”让小东心中的热情又一次燃烧了起来，干劲也再次充实起来。

从那之后，小东发现只要工作中多一点耐心、多一点诚恳、多一点真挚，群众对他们的态度就会多一些转变。一个即将退休的战友对小东说：“别管别人怎么说，做好自己的工作才是最大的成功！”小东变了，又变回了从前那个敢想、敢做、不断追逐梦想的人，在天津港奔向世界一流企业的征程上，他正脚踏实地地实现自己的人生价值。

@ 集团安监部葛雅纯：做一个善良的人，自己的心里也是温暖的，坚持自己，成功的路上并不拥挤。

@ 集团党办王建：工作需要热情和爱心，保持热情和爱心更需要认可和鼓励。小东的故事充分说明了人性本善。

@ 联盟国际周欣：平淡而不平凡，你为平淡添加颜色，平淡赋予你多彩的人生。

快乐的猪八戒

天宫人满为患，太上老君的炼丹房也改成宾馆了。因唐僧师徒N年前取过经，被委派寻找新的天宫。

一路上，师徒四人穿银河，跨时空，过行星，历尽千辛万苦，还没找到理想的家园。猴哥不停地抱怨，路有多难走，食物有多难吃；沙师弟心灰意懒，意志消沉；唐僧劝了左边，又哄右边，真是经理、书记一肩挑，无暇顾及其他了。一路上，只有猪八戒大嘴始终乐得合不拢。

一天清晨，八戒早早起来，拿着一个筐上山摘桃去了。当他回来时，唐僧正在打坐，悟空和沙僧也刚刚起床。

“早上好，师傅、大师兄、沙师弟。”八戒愉快地向大家打招呼。可是，一个个都没有反应，师傅还在念经，悟空打着哈欠，沙僧伸着懒腰。

“嗨，今天的天气多好啊！”八戒再一次向大家问好，并轻轻地哼着“我是一只快乐的小小猪，我要，我要飞向天空……”

“喂，挺高兴呀，捡到什么宝贝了？”悟空带着讽刺的口吻问。

八戒从筐里把早上刚采完、洗好的桃子拿出来，一共四个。他把最大的给师傅送过去，又拿出两个稍大的递给了悟空和沙僧，正准备拿那最小的一个自己吃，只见悟空一扭身飘了过来，一把把最后一个桃子也抓过手里，得意扬扬地说道：“八戒，你肯定在山上吃完了，桃子是我的最爱，这个也是我的了！”

八戒傻傻地笑了笑，什么也没说就到外面收拾行李去了。沙僧不解地问唐僧："师父，八戒真从外面吃过桃子了？"

唐僧笑着说："你说呢，如果是你，你会自己先吃吗？不管你信不信，反正我不信。"说罢便飘然下床，一边走向屋外，一边喃喃道："八戒是少吃了，但另一个人却获得了更多的快乐。徒弟们，好好想想吧，这次出来八戒干得多，说得少，还这么快乐。幸福有时就是一种习惯罢了。"

悟空和沙僧愣住了，两人默默地走到床边，坐在那里半天没说话。

从那天以后悟空和沙僧像变了一个人似的，笑容和快乐又出现在他们脸上，干劲十足，很快就找到了新的天宫——"天宫二号"。

员工评论

@ 传播中心周凤岐：快乐的态度或许不能改变结局，但是快乐可以让你在走向结局的路上拥有更多风景。

@ 传播中心李秀军：吃亏是福，人都有趋利的本性，你吃点亏，让别人得利，就能最大限度地调动别人的积极性。况且，强者恒强。

@ 太平洋国际尤宏涛：当你的内心充满阳光、脸上洋溢着真诚的微笑，并且拥有坚定不移的信念，那么成功与你的距离便仅仅是时间问题。

@ 欧亚国际刘军：企业的愿景犹如灯塔为我们指明前进的方向，它是推动企业发展壮大、员工成长成才的原动力。

第三节　神圣崇高的责任

企业使命：承载社会期盼、集散中外文明

天津港集团作为勇担社会责任的典范企业，努力成为中外贸易、人文、信息的交汇中心，始终肩负“以港兴市、港城共荣”的历史使命。

默克的继承者们

一只小小的黑蝇通过叮咬，将感染性幼虫接种入人的皮肤，造成大面积感染并且直接侵犯眼睛。20 世纪 80 年代，这种被称为“河盲症”的疾病在炎热的非洲、拉丁美洲及也门等第三世界国家蔓延。

那时，约有 100 万人受到感染，其中约有 20 万人失明，50 万人眼部受到损害。

本以为治疗河盲症的药物研制成功会给公司带来巨大的利润。然而，市场分析报告却给时任美国默克公司 CEO 罗伊·魏吉罗泼了一盆冷水。患病的大多是穷人，他们买不起昂贵的药品，只能寄希望于政府机构或第三方购买这种药品分发给病人，可是调查的结果却显示，没有任何一家机构愿意出资购买。

对此，魏吉罗陷入了深深的思索。他想起了三十多年前，现代默克的缔造者乔治·W. 默克曾经说过的话："我们应当永远铭记，药物旨在救人，不在求利，但利润会随之而来。如果我们记住这一点，就绝对不会没有利润；我们记得越清楚，利润就会越大。"

老默克的话似乎仍清晰地回响在他的耳畔。"保存和改善生命"，这是默克公司的使命！魏吉罗经过深思熟虑后，做出了惊人的决定——针对河盲症研究开发特效药，并且无偿免费赠药，让那些被疾病折磨的穷人，早日摆脱痛苦的梦魇。

1988 年，默克公司研制的"伊维菌素"成功问世，成为河盲症的克星！他们协同世界卫生组织在河盲症流行区大规模免费发放药品，使上百万人因此受益，消除了病痛。然而，这样一种无偿行为，不仅没有使默克公司遭遇到经济危机，相反极大地激发起默克旗下科学家的士气。他们又相继研发出水痘病毒疫苗、甲肝疫苗、轮状病毒疫苗等，为全球公众提供优质的药品和疫苗服务。

魏吉罗之后，默克的历任继承者们，始终秉承"保存和改善生命"这一使命，先后为非洲捐资 8 千万美元建立了艾滋病综合防治合作项目；向中国提供乙肝疫苗生产技术，使中国乙肝病毒感染者减少约 8 千万人。2011 年，默克公司启动"关爱母亲"行动，计划 10 年间投入 5 亿美元，致力于开发新技术，力求在全世界不再有女性因分娩而丧失生命。

如今，已有一百多年历史的默克药厂已经发展成为行销全球140个国家、拥有31家工厂的大型跨国企业，跻身世界前七位。对于使命的不懈坚持与追求，不仅使默克成为了全球知名的医疗行业领先者，更使“默克”这一品牌成为了人们心目中对于健康、卓越、救助、奉献、关爱的最佳诠释。

@ 滚装码头李雷：与其说“使命”是企业存续发展的原动力，不如说“高大上”的愿景铸就“百年老店”长盛不衰。

@ 国际物流员工：远大的目标、崇高的使命和无私的奉献能够为组织赢得崇高的荣誉、无上的尊重和蕴涵其中的巨大的利益。

@ 燃供公司员工：从“保存和改善生命”看“承载社会期盼、集散中外为文明”，感知百年企业靠文化，感悟文化兴企德为先，更加对建设世界一流企业充满激情。

@ 外理公司贾志君：以营利为目的经营企业，收获的是眼前利益；以爱为方向经营企业，得到的是温暖的世界。

踏着青铜脚印前行

在湛蓝天空映衬下，天津港博览馆显得格外恢弘。每次踏上博览馆门前的“青铜脚印”，她总是感慨万千。这是天津港历届领导班子成员、全国劳动模范的光辉足迹，体现着几代天津港人艰苦奋斗的历程。

足迹印证光辉历史。从1952年重新开港时的74万吨，到自2001年起连续4次、每3年跨越1个亿吨级台阶，2013年吞吐量超过5亿吨，位居世界第四。数字的背后凝聚的是几代天津港人的智慧与勇气，彰显着责任担当和使命追求。交通部有研究表明，沿海城市港口吞吐量与GDP相关系数高达0.98。以天津港为例，每万吨货物吞吐量就创造26个就业岗位、GDP120万元。

承担企业使命与社会责任，天津港一向首当其冲。2014年天津港提出了冲击5.4亿吨的目标，规划建设、功能拓展、体制机制改革等都要加力提速，但最迫在眉睫的还是环保问题，也就是要下大力气推动的“美丽港口·一号工程”。

为让后代人经常能看得见蓝天白云下美丽的港口，需要全面系统推动布局调整，产业升级，设施完善，工艺改进，健全制度，文明生产，持续开展清新空气、清水河道、清洁港区、绿化美化行动，确保2017年年底如期完成“硬任务”。这也是她的一个夙愿。

目标明确，需要在执行上下功夫。环保是向原来的管理和生产方式发起挑战，是在自己身上“开刀”，散货作业粉尘、道路扬尘等“不美丽”现象仍然存在，看着一个个“青铜脚印”，她看到了踏铁

有痕的勇气和决心，她相信目标再难也一定能完成，天津港一步一步走到今天不已经证明了这一点吗？

要回顾过去，更要展望未来，她知道只有站在未来的人才能赢得现在，要实现世界一流企业的宏伟目标，环保问题是我们必须要解决的问题，更是我们的社会责任，而且只有更好地承担社会责任，才可称得上世界一流企业。正如在天津港吞吐量实现 3 亿吨和 4 亿吨时，天津港没有搞大型庆典，而是开展社会捐赠，将爱心传递到社会，这种勇担社会责任的传统不也是天津港一脉相承的吗？

足迹

正如一位企业家所说，企业的本质是投资者、经营者、员工、客户、社会的利益共同体，只有平衡好五者的利益关系，才能实现和谐发展。

爱心帮扶困难员工家庭、积极参加社会公益事业、关爱劳务工子女行动、开展金秋助学活动等，更是“承载社会期盼、集散中外文明”的使命所在。

阳光下的青铜足迹熠熠生辉，它仍然以原有的风貌迎接着历史的检阅，踏铁有痕，接力奔跑……

@ 东方海陆陈钢：历史的足迹只能证明过去，未来需要更踏实的前行和更坚实的双肩去承担。

@ 汇盛码头员工：看到了每一个青铜脚印后天津港人的勤奋与努力、勇气与决心、拼搏与汗水。

@ 金岸重工杨颖：集散中外文明不一定要做轰轰烈烈的大事，尽职尽责做好每一件小事，用心服务会得到心的回报。

才智为环保所用

一台国外产造雪机的产品说明书上，赫然印有在散货码头的使用方法。这本是风马牛不相及的事情，却因为天津港人改装创出产品新的应用领域，而让这一件事情看起来显得合乎逻辑。

“要是每天都下那么一层薄薄的雪该多好啊！”焦炭码头公司作业现场的环保工作者望着煤炭货垛上均匀洒落的雪花喃喃地说。这句看似幼稚的玩笑话被一旁正在实施维修作业的技术工程师听到了，工程师思量后激动大喊：“用人工造雪解决冬季防尘问题！”确定“造雪抑尘”项目后，焦炭码头公司立即去人工滑雪场获取了“造雪抑尘”的第一手资料。

一个月后，从国内代理商处购得的造雪机运抵公司。让人没有想到的是，造雪机本身的使用条件非常严苛，不但要有独立水源，而且对现场粉尘浓度也有要求，最大的问题是核心部件基本都是加拿大双威力公司研发制造，国内没有任何改装经验。而这却没有难倒聪明的天津港技术工人。通过反复试验探索，他们对 300 个水雾喷头和 20 个核子器进行了改良，并加装自供水箱和水泵，不到两个月时间，造雪机的“水土不服”情况彻底被解决，还可以根据生产需求和气温变化造雪或造雾。

半年后，加拿大双威力公司的专家团队特意来到了焦炭码头公司，他们得知天津港将造雪机改装成抑尘设备后非常惊讶，决定来中国看个究竟，到达现场后外国专家连连称奇，对中国技术工人的聪明才智钦佩不已。于是，造雪机制造商——加拿大双威力公司在产品说明书已加印了其在散货码头的使用方法，并在全球推广。

同样从事散货作业的煤码头公司也在环保工作上下足了工夫。经过多次完善的雾化喷淋系统应用效果没得说，可巨大用水量造成的高成本问题又摆上了煤码头公司桌面。一吨工业用水 18 元，一年花费多少？煤码头公司攻关组大胆提出直接引用海水作为水源的设想，经过沉淀过滤的海水不仅有效解决了水资源紧张的问题，避免了淡水浪费，而且海水的冰点低，不易结冰，即使在冬季喷淋系统也能毫不打折地发挥作用。与此同时，煤码头公司在离港汽运干道上专门加设了自动汽车冲洗系统，一方面有效减小了海水对车辆的影响，另一方面也避免了来往车辆夹带海水上路，对城市环境造成二次污染。

据统计，仅海水替代淡水一项每年就可节省淡水资源三十余万吨，为煤码头公司节约资金逾六百多万元，如今攻关组还在深入研究结构减尘、科技抑尘的相关课题，他们坚信未来天津港的天空更蓝、海水更清。

员工评论

@ 集团科设部员工：创新的灵感让天津港人走向世界！

@ 劳务发展黄文栋：循规蹈矩只能随波逐流，创新更具有生命力，思想开拓将为我们开拓一片新天地。当今时代我们的使命是用创新思维描绘出天津港美好的未来。

扎根的土地

“俺叫魏书俊，以前就是一个种地的农民。”台上的演讲者身材瘦小，脸上总挂着腼腆的微笑，特别是那浓郁的山东口音，一张嘴就吸引了观众的耳朵。

“在到天津港之前，俺干过好多行当。建筑工地做过小工，家装市场搞过装修，啥赚钱俺干啥。”魏书俊分享着他的从业经历。2005年，35岁的魏书俊为了挣钱养家，让家人过上好日子，只身来到塘沽。初来乍到，他举目无亲，凭着一股冲劲到处找工作，可是每一份工作都不稳定。半年过去了，从家里带来的钱越来越少，连每月100元的租房费都会让他发愁。

“那时，俺心里别提有多着急，想着要不回老家算了。可是，俺想让爹妈过上好日子，让媳妇孩子别跟着俺受苦，俺真的不甘心就这么回去。”魏书俊接着说。

后来，通过老乡打听到天津港在招装卸工，魏书俊便抱着试试看的想法报了名，没想到居然被录用了！入港后，经过培训，他成为了一名码头装卸工人。

有了工作的魏书俊，心里可踏实多啦！他想，自己终于稳定下来了，一定要扎扎实实地干工作，实现自己挣钱养家、为父母养老的愿望。几年来，他格外珍惜这份工作，刻苦学习岗位技能，与工友们团结协作，保持着自己淳朴的本色，不仅成长为装卸队的骨干，还走上了班组长的管理岗位，实现了个人价值的

提升。

“大家的信任使俺越来越觉得自己没有来错地方，在天津港这片土地上，俺觉得自己的人生得到了升华。”魏书俊又露出那腼腆的笑容，但是朴实的话语掷地有声。

收入增加了，日子好过了，魏书俊从不敢懈怠。他带领弟兄们尽职尽责，总是确保船舶的动态，受到了公司的表扬。正是怀着在天津港这片热土上摸爬滚打练就的“铁胆”，2012 年 3 月的一天，刚从单位下夜班的魏书俊在关键时刻挺身而出，从污水河中勇救落水的老大娘，他舍己救人的感人事迹一时间传遍了百里港湾，成为天津港的一段佳话。

魏书俊的天津港之梦

@ 集团人力部员工：正是因为千千万万个像魏书俊一样的劳务员工的奉献，天津港才能取得今天的成就。

@ 集团人力部员工：好的企业就像是一棵茂盛的大树，枝枝叶叶就像是员工，只因为有了无数的叶子，大树才显得富有生命力。

@ 集装箱公司沉默是金：员工融入企业的同时，也融入到企业的文化中，被公司的企业文化所感染熏陶，肩负起社会责任。

孩子的集体婚礼

“结婚是孩子一生中的大事，更是两家的大事，咱得大办!”

“大办行，但也得量力而行，最主要是难忘、有新意!”

“我看你们简单办一下，旅行结婚，回来补桌得了，又时尚又环保!”家庭会议上，大家你一言我一语地讨论着孩子的婚礼应该怎么办。

“有个好消息告诉大家!我们集团公司要办集体婚礼啦，坐着游船去东疆湾办婚礼，行程和婚礼议程特别有新意，还有集团公司领导为我们证婚，又隆重又有意义又环保!”儿子下班回家后高兴地向大家说道。最后家庭会议一致决定：听孩子的!

2014 年 5 月 1 日上午，张阿姨和亲朋好友早早地来到了东疆国际邮轮母港客运大厅内，这里一派喜气祥和的氛围，现场各环节早已准备就绪，正等待着婚礼的主角——来自天津港各单位的 14 对新人。

当天早晨，新人们乘“新滨海”号游船从天津港客运码头出发，沿天津港主航道一路东行，来到位于东疆国际邮轮母港客运大厅的集体婚礼现场。在别出心裁的婚礼庆典仪式上，14 对新人穿过“幸福花门”，预示着他们即将开启全新的生活。接下来，新郎新娘将取自东疆的细沙缓缓倒入水晶瓶内，象征着从此双方的生命里你中有我，我中有你。新人们经过现场宣誓、互赠钻戒、感恩亲情等环节，将喜庆气氛不断推向高潮。集团公司总裁郑庆跃启动婚礼仪式，党委书记、董事长张丽丽为新人们颁发了集体婚礼纪念证书，工会主席王庆林代表证婚人致辞。

“天津港太给力了，真的是儿子口里常说的大家庭!”看着婚礼圆满结束，张阿姨欣慰地说。

“这个婚礼确实不简单啊!”亲家也开心地说。

“真有种当大家长的感觉!”在为新人颁发集体婚礼纪念证书后，集团公司董事长、党委书记张丽丽表示。

由集团公司工会和团委联合主办的“爱在港湾，情定东疆”大型集体婚礼，是自2012年以来第二次举办的集体婚礼活动。参加集体婚礼的14对新人中，有的一方来自天津港，也有的双方都是天津港员工。他们中有管理人员，也有一线员工；有技术骨干，也有白衣天使；有外地来港工作的大学生，也有城镇劳务员工。14对新人在现场百余位亲属和嘉宾的见证下开启了他们生活的新篇章。

天津港的甜美爱情

长期以来，集团公司始终坚持以人为本，构建了以“发展港口、成就个人”为核心价值理念的企业文化，并将“世界一流企业、员工快乐之家”作为企业愿景。自集体婚礼举办以来，得到了广大员工的普遍关注和青年员工的积极响应，共有36对青年员工踊跃报名参加，在集团公司内外引起了强烈反响。

员工评论

@ 二公司南晓霞：幸福的婚姻不在于婚礼的形式是否豪华，而在于你自己赋予它的意义。何况我们的婚礼举行在我们赖以奋斗的疆土上，它将给我们的一生留下不可磨灭的痕迹。

@ 集团工会刘红利：与众不同的集体婚礼，成为每对新人人生旅程中最美好的回忆。很多员工找到我们说：“我们没赶上，能不能给我们补办一个集体婚礼啊?”

@ 建设公司萧白：天津港正在用其博大的“家”文化融化每一个员工的心，将小家融入大家，让他们找到工作与生活的和谐及意义。

阳光叔叔

“张叔叔好！”滨海新区阳光家园的41个小朋友异口同声地欢迎着眼前这个熟悉的“阳光叔叔”。6岁的小宝兴奋地几步跑过去，一下子蹿到张金龙的怀中，脸上写满了甜蜜和幸福。

“张师傅是我们阳光家园里的阳光叔叔，孩子们特别喜欢他。”一旁的老师笑着说，“听说张叔叔要来，他们都高兴得睡不着觉了。”

作为单位中的一名设备安全管理员，张金龙在同事眼中是一个爽朗、细心、热心肠的汉子。工作认真、乐于助人，是工友们对他最多的评价。2009年，当在电视中看到了滨海新区阳光家园儿童托养院里38名残障儿童的相关报道时，张金龙有些坐不住了。屏幕上那一张张稚嫩却有些怯懦的目光，深深地刺痛了他的心："这些孩子虽然不能享受与同龄孩子一样的童年，但他们更需要社会的关心和爱护。”看着不远处的儿子脸上那开心幸福的笑容，张金龙在心里默默地作出了决定：我要让他们也感受到快乐和幸福。

“第一次亲身接触到这些孩子，还真有些出乎我的想象。”张金龙回忆起那天的场景，依然历历在目，“孩子们有些害怕，都低着头不说话。有的孩子刚看见我就哭，眼泪滴答滴答地往下掉。”第一次的“碰壁”经历却没有打消张金龙的热情，从那天起，每到节假日或者闲暇时间，他都会带着食品、衣物去探望、帮助阳光家园里的孩子们。渐渐地，孩子们接受了这个爱笑的张叔叔，开心的笑声也更多地从阳光家园里传了出来。

“众人拾柴火焰高”，张金龙的爱心行动温暖了残障儿童的同时，也带动、感染了周围有爱心的人们。2012 年，张金龙爱心服务团队走近了这些特殊人群。他们把过年回不了家的孩子接到自己家中过年，他们组织孩子们去东疆沙滩赶海踏浪，去泰丰公园看树观云，去河滨公园游玩嬉戏。从 2009 年投入志愿服务至今，张金龙及他的团队已举办了一百余次爱心活动，个人捐助资金达四万余元。

“孩子们的笑脸，就是对我最大的奖励。”张金龙轻抚着周围孩子的头发，“感恩的心”的优美旋律萦绕在屋内，幸福的笑容绽放在每一个人的脸上。

@ 联盟国际梅建奎：感恩是一种生活态度，更是一种价值取向，在享受快乐与幸福的同时，更要学会将爱心进行传递。

@ 设施中心李晶：爱心服务团队用积极、乐观的态度奉献自己的爱心、感染他人，提升了自己的人生价值和社会价值。

@ 联盟国际王伦：把爱心分享给身边需要的人们，整个社会便会串联出一个更和谐更美好的氛围。中国梦，从这里开始。

和谐执法　执法和谐

一天，老王和小王在道路上巡逻，小王发现一辆宝马轿车停在了机动车道上，宽大的车身使得本不宽阔的道路顿时造成拥堵。小王立即上前请他将车开走。

车主以质疑的目光看着小王，不屑地说："不就是罚款吗？你要多少，我给你！"随即掏出一沓百元大钞甩在地上："你看看这些钱够我停几次！"当时小王强忍着比较激动的情绪给这名男子开出了罚单。这时刚好车主的妻子带着孩子和几个人一起出来，小男孩看到他爸爸旁边站了个警察，地上还有许多钱，就问："爸爸，出什么事了？"

老王不知什么时候站在了小王的身后，抢在车主前面说："没什么，小朋友，是你爸爸不小心把钱掉在地上了。"老王捡起钱悄悄地把小王手中的罚单放在钱下面，顺手递给了车主。车主接过钱的时候羞愧难当。当他抬起头想对老王他们说些什么的时候，老王赶忙趁孩子不注意，对他做了一个不要说话的手势，并示意他赶快把车开走。

第二天，同样的时间和地点，那位车主找到老王和小王，所不同的是今天他把车停在了该停的地方。他满怀歉意地对二人说："警察同志，真对不起，昨天我不应该那样对你，谢谢你没有让我在孩子面前丢脸，我真不知道该怎么谢谢你！"老王说："谢就不用了，因为我也有孩子，我知道在孩子面前家长的言行和尊严有多么重要，只希望你今后尊重别人、文明行车，为自己的行为负起责任，才能成为孩子的好榜样"。

爱心传递

@ 五公司侯宇宁：一个身边的故事引发了我的思考，通过一种正能量的传达，弘扬了社会与人为善的思想品德，耐人寻味。

@ 石化码头李月：人与人之间的相互尊重是一切事情的前提和基础。做事情要讲原则，更要讲方法，要灵活地结合实际情况处理突发事件。

@ 电力公司李苏汀：或许以德报怨需要忍一时之气，可影响之深刻远远要比一张罚单大得多。建设和谐企业，乃至和谐社会，其本质便是人与人之间的和谐关系。

三个运沙工

在北方一处宽广湛蓝的海边，有三个运沙工正在骄阳下辛勤地工作。

看到他们挥汗如雨，有一位过路人好奇地问：“你们在做什么呢?”

第一个运沙工回答：“运沙子呀，一天能赚几十块钱。”说着，他拿起铁锹，一锹一锹地把沙子往车下撩。

第二个运沙工回答：“建沙滩，老板要求我们把这里弄得平平整整的，所以要保证好工程质量。”说完，他拿起水平仪，平整着脚下的沙层。

三个运沙工

第三个运沙工擦了擦额头上流下的汗水，眼睛眺望着脚下无限延长的岸线，微笑着回答："我在为人们建造一个快乐的休闲场所。我们要用最细软的沙子让孩子们能赤着脚在这里玩耍，让老人们在夕阳下来这里散步，享受到像南海沙滩一样的亲水乐趣。"他一边自豪地说，一边继续手边的工作。在他的身后，清澈的湖水轻轻地拍打着柔软的沙滩，远处仿佛传来一串串孩子们银铃般的笑声。

@ 传播中心马文：使命是责任，更是动力的源泉。当工作被赋予使命，使命便发出梦想的光芒，每一点付出都是实现梦想的一大步跨越。

@ 集团党办李丽：内心境界的差别，会有着不一样的工作效果和不一样的幸福指数。

@ 太平洋国际赵德成：满足客户需求才是企业的核心使命，而由此创造的收益仅是我们所提供服务的副产品。

第四节　追本溯源的信仰

核心价值：发展港口、成就个人

“发展港口、成就个人”是天津港集团秉持的核心价值。发展港口是成就个人的前提和支撑，成就个人是发展港口的源泉和动力。天津港集团倡导员工为企业、为港口、为社会发展做贡献，在不断奉献自己聪明才智和心血汗水的基础上，共享企业发展成果，实现个人的人生价值。天津港集团坚持责权利对应，坚持个人价值体现于敬业奉献相结合，让每一位贡献者都得到应有的报酬和奖励。

一滴水怎样才能不干涸

相传佛祖释迦牟尼曾考问弟子：“一滴水怎样才能不干涸?”弟子们冥思苦想：“孤零零的一滴水，一阵风能把它吹干，一撮

土能把它吸干，其寿命有几何？怎么会不干呢……”弟子们面面相觑，百思不得其解。

释迦牟尼说：“把它放到江、河、湖、海里去。”

是的，一滴水是渺小的，一阵风可以把它带走，几缕阳光可以把它蒸发，然而，当它与浩瀚的大海融为一体，它就获得了新的生命——大海永不干涸，它也就永远存在于大海之中，存在于大海的浩渺和蔚蓝里。

我们往往赞美江河的奔腾、豪放，大海的辽阔、壮观，殊不知浩浩江河海洋是由无数区区水滴汇积而成并日益壮大的。水滴既能在汇成的江河海洋中找到自己的位置，又能感受到江河海洋赋予的温暖和力量。二者之间是你给我温暖和力量，我给你奇迹和壮观，共生共荣、密不可分的依存关系。

一滴水的力量

员工评论

@ 集团团委毕思维：浩瀚的大海，也是由一滴滴水组成的；如今繁茂的天津港，正是由拥有精卫填海精神的一代代天津港人筑起的。爱天津港，更爱天津港人！

@ 劳务发展齐学军：天津港犹如海洋，劳务发展公司犹如浪花，而我犹如水滴。不论是沧海一粟，还是浪花一朵，都必须有他的承载。

@ 东港物流田晓冰：一滴水只有融入江河才能获得生命，员工就犹如一滴水，只有与企业江河相融才能实现个人的工作价值。

@ 煤码头员工：每个人都有成功的经历，但是成功的时候一定要怀感恩之心，要知道自己的成功只是团队成功的一部分，离开了团队，自己也许一无是处。只有融入团队，才有成功的机会和保障。

老刘的新选择

每年夏天天气最炎热的那几天，刘启国都会带着他的儿子去北戴河或者烟台避暑。而今年，刘启国把避暑的地点选在了天津。这也是众多北京市民夏日避暑的一个新选择。

作为天津港的合作伙伴，刘启国见证了天津港从一个以传统装卸产业为主的港口，逐步发展成为一个具有旅游、休闲、服务等多功能产业板块的聚集地。

刘启国和儿子的第一站选择了天津港博览馆。

“阿姨，为什么北塘号称为水牢，还有这么多人死去呢?”刘启国的儿子问博览馆的讲解员。

“小朋友，你这个问题提得非常好。在日本侵略者霸占天津港时，日本汉奸、青帮头子为骗工人上船干活，说船上吃的是粳米白面，住的是楼上楼下，用的是电灯电话，洗澡剃头不花钱。而事实上吃的就是小米掺沙子干饭，豆饼橡子面饽饽，用土盐腌的咸萝卜，在300平方米的船舱里要住八百多人。工人们在炎热的夏天只能在大海里洗澡。在船上有被冻死的，有被砸死的，工头们就趁深夜将尸体扔到大海里。”

“阿姨，那他们没办法反抗吗?为什么不逃走呢?”“因为这艘船原来是英商大沽驳船公司的一艘驳船，常年停泊在大沽口外的海面上，长期不靠岸的。”

“哦，我们明白了。阿姨……”孩子继续问，讲解员一一回答。

刘启国对讲解员的讲述非常满意，对于孩子来说，这是一堂生动的历史课。通过对天津港不同阶段的讲解，小朋友对中国近代史有了更加直观的了解。

第二站选择在东疆沙滩。看到孩子在细软的沙滩上快乐奔跑，刘启国回忆起十年前的这里原来是一片滩涂。而如今，居民住宅区、度假酒店、汽车装配城、现代化码头等在这片原先的滩涂地上拔地而起。十年来，精卫填海的精神激励着天津港人一步一个脚印，三步一个跨越，30 平方千米的人工岛已具备一定规模。

第三站是刘启国今年夏日在天津港休闲的终点，也是新起点。刘启国会带着他的儿子从邮轮母港出发，乘坐豪华邮轮前往日韩游玩。

儿子站在邮轮的甲板上，回望着天津港，对刘启国说："爸爸，天津港好大！"

老刘父子的天津港之梦

刘启国笑了笑说："天津港未来还会更大。"作为天津港的合作伙伴，他的心里与所有天津港人拥有一样的期盼，这里终将成为商业港、工业港、邮轮母港和休闲娱乐港等功能完备的综合性海港。

@ 集团组织部刘辉：开放包容的天津港正成为集多种功能为一体，与老百姓生活息息相关的乐园。更多的"老王""老李""老张"会走来与她亲密接触。

@ 联盟国际鲁见英：作为天津港的一员，希望天津港早日发展成为商业港、工业港、邮轮母港和休闲娱乐港等功能完备的综合性海港！

@ 设施中心吴宁：天津港的发展离不开每一位热爱天津港人的支持，只有不断强大自己，才能被世界所认可。

影响力

对于段凯来说，对自己职业生涯影响比较大的有两个人。一位是父亲，另一位就是煤码头公司的操作队队长孔祥瑞。

入职时，段凯认真地把祥瑞队长给队员第一堂课上讲的内容记录在了笔记本上：日常的维保工作其实也很重要，做好这项工作可以大大减少故障的发生，避免设备运行过程中的停机抢修，可以节约很多作业时间。

如今，这位孔祥瑞操作队的技术骨干为了做到对设备情况了然于胸，每天上班第一件事就是询问前晚值班的电工班长，设备在夜间的运行状态。对于每个可能出现报警的细节，他都一丝不苟。这也是段凯从孔祥瑞队长身上学习到的工作习惯。

今天，段凯被安排对一号装船机电力系统进行维保。爬上装船机，段凯便开始了细心的排检。查到顶部时，他看着电缆防出槽限位停顿了一下。这个位置在他刚负责装船机的时候，给过他一个下马威。段凯记忆犹新。

当时，这个电缆防出槽限位频繁报警，找不出问题。由于队里没人修过，技术部门只好向国外相关制造企业定做，大概需要三千多元。一个半月下来没有订到，为了不影响生产段凯只好硬着头皮自己修，当把限位一拆开，连他自己都乐了。原来限位原理和结构极其简单，就是焊接在两个接线柱上的一个单簧管，1 元钱换一个，问题就解决了。

从那以后，段凯修出了信心，敢于挑战各种进口设备。段凯认

为，作为一个维修人员，不可能把所有的配件都修过，但技术扎实了，底气足了，什么问题应对起来都会得心应手。

上上下下地排查，忙活了一天。爬下装船机的段凯脸上黑乎乎的，他看看沾满污渍的双手，笑笑对记者说："我们年轻人手里能有一门技术，心里就踏实了。"

@ 国际物流马丽丽：我们成长的道路上总会遇到一个或几个被我们视为里程碑或者是目标的人物出现，或远或近、或大或小，但足以成为我们的动力，改变我们的生活。

@ 煤码头孔祥瑞：从什么叫刀闸、保险开始学起，短短9年的时间就考过了初级、中级、高级，甚至拿到了"技师"，小伙子的确有过人的地方。

@ 燃供公司员工：劳模就在自己身边，蓝领专家孔祥瑞是天津港人学习的榜样。年轻员工，钻研技术，实现自己的人生价值。

@ 外理公司张岩：父生之，师教之。师傅是职场领跑的第一人，影响一生，终身受益。

去天津港工作

“爸妈，我已经签了协议了，去天津港工作！”小李满脸洋溢着骄傲和喜悦，要知道同学里能被挑选到天津港工作的没有几个人。

“还是咱儿子优秀，从小到大学习成绩一直都很好，不仅读完了研究生，现在又要去这么有名气的企业去工作，真是太棒啦！”老爸自豪地说。

“是啊，是啊，一会儿我就把这好消息告诉亲戚们去。”小李的妈妈早已高兴得合不拢嘴啦。

“天津港很好吗？你们怎么都这么高兴啊，”小妹一脸疑惑地问，“天津港离咱家挺远的，你为什么要去那里工作啊？咱舅不是说给你联系了一家公司嘛，离家又近，待遇又好，将来还有人能关照你，你怎么偏偏要去个人生地不熟的地方工作啊？”

“傻妹子，你不知道有多少人想去天津港工作呢，天津港可是中国北方最大的综合性港口，是中国500强企业之一，据说那里陆域面积就有一百多平方千米，目前，天津港已经发展成为了世界一流大港，而且正在向着世界一流企业迈进。”

“你知道还有一个最吸引我的地方是什么吗？天津港特别重视对员工的培养，他们一直倡导‘发展港口、成就个人’，这句话家喻户晓，你哥我学物流专业的，相信在那里一定有我施展才华的舞台。”

“哈哈，你怎么知道这么多啊？”

“我上学的时候听过天津港在学校的宣讲，那时候我就向往去天津港工作，终于如愿以偿啦！”

“真像你说的这么好，等我毕业了也要去那里工作。”

“可不是你想去就能去的，你得努力学习，要靠实力才能竞聘入港！”

“好好好，你俩以后都去，我们老两口也搬到天津去住。”

我们都爱天津港

员工评论

@ 二公司侯嘉平：回想起自己考入天津港时的情景，懵懵懂懂，当时只是知道天津港是一个很不错的大型企业。在这里工作了几年，越发觉得能成为一员很是幸运。

@ 集团人力部员工：人才是一种资源，更是一种资本，天津港深知对员工的培养，便是对企业未来的投资。

@ 建设公司王军：企业的竞争最终是人才的竞争，能否吸引人才和留住人才，除了看一个企业的影响力之外，更重要的是看其企业文化是否有吸引力和号召力。

技术能手“许三多”

“哎，最近看《士兵突击》这部电视剧了吗？有没有觉得许三多非常像咱们身边的人呢？”师傅问刚入职的徒弟。

“许多，对不对?！我也觉得咱队长身上也有着三多那股韧劲，”徒弟接着说，“师傅，人家电视里的许三多在家排行老三，所以叫三多，可咱队长怎么论上‘三多’呢?”

“呵呵，我这说法确实有来源的，你们这些新人就不知道了吧，我给你们数数啊……”

“咱队长第一‘多’的是——‘知识多’，你们别看他上班才6年，他可掌握了很多场桥机械维修的知识，在做场桥司机的时候，一些小问题，他都能解决，很少找维修队来维修机械！”

“真的吗？他在维修队工作过?”

“没有，没有，他以前一有休息时间就拿本维修的书看，我看见过的，问他这么着魔地看这书干吗。他说要是小问题自己能解决，可以给维修队腾出更多的时间去解决大问题，也可以节省装卸时间！”

“那第二‘多’呢?”

“这还用我说啊，‘荣誉多’呗！咱队长在劳动竞赛、技能比武中获得过好几个一等奖了，还有一次给咱队争来了个团体第一名呢。”

“确实是，师傅，还有一‘多’呢?”

“嘿嘿，他呀，还有一‘多’就是‘主意多’！你们看看现在运用的场桥双车道作业方法，还有预防受电弓刮碰的改进方案都是他琢磨出来的，帮助大家避免了很多危险事故。”

“师傅，咱队长真能干啊！”

“是啊，你们年轻人啊，要多向队长学习。以后我就管你们叫‘张三多’‘李三多’，呵呵。”

“聊什么呢，快准备准备开工啦！”

“是！‘三多’队长！”

“嗯?!”

天津港的“许三多”

员工评论

@ 金岸重工李晓：知识多是每个人成功的基石，知识与实践的完美结合才是真正的成功；荣誉是一个人知识丰富的表现形式，荣誉多方能证明能力强；主意多说明创新能力强，创新能力则是知识丰富的升华，唯有提高创新能力才能长远发展。

@ 集团团委毕思维：青年岗位能手许多的故事是天津港青年骨干的真实写照！青年先进典型对整个集体乃至企业的带动作用，都是如此的强大，而这些都被“许三多”这样的“绰号”赋予了更生动的色彩。

@ 汇盛码头员工：“三多”队长就像一根绳紧紧地将员工的心绑在一起了形成一股奋勇向前的干劲。

@ 东方海陆吴达：“多学”“多问”“多干”，争做企业“三多”员工；“多总结”“多创新”“多贡献”，共同搭建企业美好明天。

值班我最大

盘起长发，颈间配上小丝巾，加上一身职业女装的吕小波显得格外干练。吕小波是天津港外代航运大厅的一名员工，多次被评为岗位服务明星，今天又轮到她当值班经理，一个多月才能轮到一次的机会，吕小波当然要好好把握。

“小波，来啦，今天这么高兴?”

“嗯，王经理，今天我当值班经理!”

“好好干!”

吕小波将自己的“笑脸”徽章牢牢贴在“员工园地”自己的名字底下，好心情跟着“笑脸”再次蹦跳着上了一个台阶。“情绪管理”是外代航运大厅对窗口员工的特别要求，首先自己要保持好心情，才能为客户提供100%满意的服务。

佩戴好胸卡，吕小波执行起了今天作为值班经理的任务。她首先检查了柜台以及办公区域的5S执行情况，又陆续将取号机、查询机和饮水机一一打开，并确认Wifi设备正常运行后，吕小波对早上航运大厅里的情况十分满意。

“万事OK，到点开工!”说话间，同事们陆续到岗，瞬时空寂的大厅生机勃勃起来，招呼不断，微笑弥漫，一天的工作就在彼此问候间井然有序地开始了。

“你们到底让我去哪儿办理?”循声望去，一个年轻小伙子急得满头大汗。

“您好，请问有什么能帮到您吗?”吕小波连忙来到小伙子跟前询问情况。

“问询处的工作人员让我来拿条，另一个人告诉我可以在机子上自己查，刚刚又有个人说我没办卡，今天白来了，好好一航运大厅怎么成银行了?”

“您别着急，我是今天的值班经理吕小波，您是第一次来这里吧，可能对我们这里不太熟悉，这样，我跟您一起把办理流程走一遍。”

吕小波领着小伙子一边办业务一边讲解航运大厅的各个窗口职能，微笑的服务、详尽的讲解、一目了然的流程让小伙子紧皱的眉头淡然松开，紧抿的嘴唇向上翘起：“谢谢吕经理，再见!”

下午业务高峰期吕小波又“冒充”了一把客户，她需要跟随一位客户走完从业务办理开始到结束的完整流程。

“呦，小波，升官了?不在里面做单据了?”

“刘师傅，您这就开玩笑了，我们这轮流当值班经理，您又不是不知道，成，今儿您就是我做客户体验的对象了。”换位思考让吕小波看待问题的视角得到扩展，处理问题能力得到提升，建立起与客户的有效沟通。

下班前完成当天《值班日志》的填写工作，吕小波整个人感觉好极了。

@ 五公司张森：如果把整个航运大厅比作一个魔方，每个人都是一个小方块，是航运大厅“魔方管理”的组成之一。由员工轮流担任一天值班经理，那么伴随魔方的不断旋转，员工自身能力得到认可，职业生涯规划达到心理预期，又成为企业发展的不竭动力。

@ 电力公司王羽：服务是企业的生命，客户就是上帝，通过轮值机制，使职员有机会去与客户感同身受，从而更全面地满足客户诉求，实现客户与企业之间的双赢。

@ 集团团委毕思维：外代航运大厅作为我们天津港青年文明号示范点，从严格的质量管理，到以人为本的文化氛围，还有轮班经理的工作制度，确实让员工由内而外充满对集体和公司的身份自豪感！

@ 五公司员工：少而好学，如日出之阳；壮而好学，如日中之光；老而好学，如秉烛之明。学习是一生的使命。

踏寻足迹

2012 年 8 月 12 日，天津港东疆国际商品展销中心盛装开业，看到这激动人心的场面，人们赞许的目光和满意的笑容，萧白终于松了口气，他绕过还在欢呼庆祝的人群，独自回到了日夜奋战的项目现场办公室，已经两三天没怎么合眼的他倚靠在沙发上，竟然在不知不觉中睡着了。

就在几个月前，他还和同事们在每天晚上召开工程协调会，总结一天的工程进度情况，做到日清日结。“王经理，请介绍一下今天的进度情况吧。”“按照昨天的计划，我们还有一项没有跟上进度，是什么原因？有什么改进措施?”“代总监，今天工程质量和安全方面情况如何?”“好的，明天的工作就按今天的计划执行。”等他们开完会吃晚饭的时候，已经是七八点了……

就在几个星期前，为了能让外檐玻璃安全顺利送达，他亲自到玻璃厂提货、押运。“老婆，今天晚上不回去了，原定的玻璃没有按期送达，我得亲自去玻璃厂提货。”“不去不行啊，要是在运输中再出现闪失，就会影响整体工期。”半夜 12 点多终于顺利返回到现场，等卸完货，安排好安装程序后，时针已经指向了凌晨 3 点……

就在几天前，开业在即，萧白和他的同事们连夜对工程查遗补漏，力求精益求精。“咱们先在外面巡视一下。”“那是不是还差一块玻璃啊？问问施工单位什么情况，快点补上！”……

就在几个小时前，他刚刚打电话向主管领导汇报了现场准备情况，时间还不到凌晨5点。“领导，我们已经都检查过了，空调系统、照明系统都运转正常，布展情况已经到位，具备了试开业条件。”

萧白，天津港建设公司一名普普通通的工程师，这已经是他第三次承建东疆建设的项目了，从封关运作前的物流仓库到北方最大的国际邮轮母港，再到国际商品展销中心项目，几年的东疆建设经历，让他早已经适应和习惯了这样的工作节奏。

东疆建设者们，还有很多人奋战在这片土地上，从海洋到滩涂，建设者们克服了没有水、没有电，甚至没处下脚的恶劣环境；从泥潭到陆域的形成，建设者们行走在管线上，一走就是几千米。如今东疆港区国际邮轮在东疆进进出出，国际商品展销中心盛大开业，东疆建设者一次又一次用实际行动诠释了“特别能吃苦、特别能战斗、特别能奉献、特别能协作”的东疆精神，一次又一次创造了石破天惊的奇迹。

员工评论

@ 传播中心刘瑞卿：无数个“萧白”用汗水构建着世界一流企业，港口的蓬勃发展为无数个“萧白”搭建起实现自己人生价值的平台。

@ 建设公司吕明：他们没有“愚公移山”的豪言壮语，却演绎了“精卫填海”的人间奇迹；他们没有排山倒海的非凡力量，却完成了沧海桑田的世事巨变。

@ 太平洋国际黄春梅：回顾往事，东疆的建设者砥砺前行、不畏艰难，把建设的激情和无私奉献的精神播撒在东疆这片热土上。“东疆精神”是东疆建设者给予每一个东疆人的精神财富。

家的责任

一个问题提交给公司之后，三天就得到了解决。陈兆敏觉得畅快淋漓的同时，对公司又倍增了一份主人翁的责任感。

陈兆敏是石化码头公司流体装卸大队的一名员工。在多次值岗时，他发现公司南二泊位 J－2 管线前沿段由于没有设置压力表，致使每次作业时都得借助船上的压力表观察压力读数。

无法精确掌握管线内部的压力情况，在公司生产过程中无疑是一个安全隐患。认真思考了一段时间，他决定以《员工安全观察报告》的形式将上述情况反映给首席员工代表，并提出在该管线处加装压力表的建议。

首席员工代表对报告进行收集整理，及时报送至公司工会进行甄别和登记，后转交至公司安监部。安监部主管人员对报告内容进行了核实和评价，并将该报告交由主管该项工作的技术部办理。技术部研究认为，该报告反映情况客观真实、建议内容合理可行，决定采纳意见，不但尽快加装了压力表，还提出了持续改进措施，为今后的工作提供了指导依据。

在石化码头公司，像这样的《员工安全观察报告》每年都要收集到上百篇。来自各部门的员工纷纷将日常工作中观察到的有关公司安全生产和员工职业健康的问题，通过报告进行提出，为公司安全管理工作建言献计。而对于公司生产和员工生活方面的其他问题，员工则可以用《员工观察报告》的形式提出，通过规范的流转程序，酌情采纳和办理。

员工评论

@ 鞠轩：员工快乐之家不仅仅是指员工在企业快乐成长，还要求员工发挥主人翁精神，为公司的发展和不断完善，尽心尽责，献言献策。

@ 滚装码头刘莞波：每一名员工都是企业的主人，每一名员工都能为企业的合理化发展创造出自己的价值。

@ 国际物流员工：除了陈兆敏对工作的细心观察，还体现出企业良好的制度流程，为员工出言献策开辟了很好的渠道。

@ 外理公司员工：观察报告使一个公司多了无数双眼睛。

第五节　意气风发的面貌

企业精神：爱港、包容、务实、创新

“爱港、包容、务实、创新”是全体员工的意志追求和精神风貌。爱港是天津港人的基准，包容是天津港人的品格，务实是天津港人的作风，创新是天津港人的特征。

打破关住自己的门

一个木匠做得一手好门。他给自己家做了一扇门，他认为这门用料实在，做工精良，一定会经久耐用。

过了一段时间，门的钉子锈了，掉下一块板，木匠找出一颗钉子补上，门又完好如初。不久又掉了一颗钉子，木匠就换上一颗钉子。后来，又有一块板坏了，木匠就又找出一块板换上。再后来，门闩坏了，木匠又换了一个门闩……

若干年后，这扇门虽经无数次破损，但经过木匠的精心修理，

仍坚固耐用。木匠对此甚是自豪：多亏有了这门手艺，不然门坏了还不知如何是好。

忽然有一天，邻居对他说："你是木匠，你看看你家这门！"木匠仔细一看，才发觉邻居家的门一扇扇样式新颖、质地优良，而自己家的门又老又破，满是补丁。木匠明白了，是自己的这门手艺阻碍了自家"门"的发展。

员工评论

@ 集团党办李丽：身为现代人，就要与时俱进，不要墨守成规，不然就会落后，或被淘汰。

@ 外理公司白学光：我们只有推开眼前无形的门，不断对自己的手艺进行提升和修炼，持续创新，才能体味到真正的成功。

@ 设施中心赵紫晨：学一门手艺很重要，但换一种思维更重要。行业上的造诣是一笔财富，但也是一扇门，会关住自己。有勇气打破关住自己的这扇"无形门"，才能看到更多外面美丽的风景。

提神的电话

天津港的夜晚，忙碌的码头岸边，机械轰鸣，划破了港区宁静的夜空。

机械二队的小刘独自坐在值班室中，时而望向窗外发呆，时而摆弄着手里的手机。时针不知不觉指向了12点，倦意已经写满在这个90后青年员工的脸上。

“铃……”手机铃声骤响，惊醒了一旁昏昏欲睡的小刘。

“喂，小刘，今儿的活儿多吗?”许队长的声音从电话的另一头传来。一番交谈之后，小刘不好意思地笑了：“放心吧，队长，这次，我肯定不睡。”

这个电话，便是许队长为了小刘而特意打来的“提神电话”。

初到单位，小刘在工作各方面都表现得十分出色，得到领导、同事和客户的一致好评。但未曾想，“三班倒”的工作方式让这个早已习惯“朝九晚五”的新员工极不适应，特别是在上夜班的时候，作为夜间对外服务窗口，小刘却接连出现“睡岗”情况。许队长收到投诉，看在眼里，急在心头，私下同小刘进行过多次沟通，但小刘内心的抵触情绪，却好似弹簧一般，施力越大，反抗越强，睡岗的情况难以得到解决。公司领导找到许队长，下达了对小刘的最后通牒：再发现睡岗行为，坚决辞退！

在天津港工作了10年，管理着33名员工的许队长，第一次为自己带的“兵”深深地犯了难。工作之余，他去图书馆查阅了大量

资料，反思了自己的管理方法：强硬的说教管制，对于自我意识较强的90后青年员工来说并不适用。思考之余，许队长决定换一种方式，一定要让小刘改掉“睡岗”的毛病。

又赶上小刘的夜班，许队长下班前没有像往常一样对小刘叮咛嘱咐，这让小刘颇有些意外。几近1点，工作间歇的工夫，小刘已经趴在桌上进入梦乡，睡梦中却突然接到了许队长打来的电话。1个小时的促膝长谈，从工作到生活，从兴趣到人生，许队长和小刘聊了许多。起初，小刘对于许队长的电话还有些抵触，但渐渐地，他明白了许队长的良苦用心：在他最困倦的时候，许队长陪他一起坚守岗位，用通话来保持清醒，用交流来代替管教。深夜温暖的“提神电话”，不仅是用来驱散倦意的手段，更是架起了一座沟通的桥梁。

电话中的真情

一天、两天……两个月的时间，许队长始终在深夜给小刘打去

“提神电话”。在他的坚持下，小刘终于克服了“睡岗”的问题，重新赢得了领导和同事的信任，去年年底，还被评为单位的模范员工。

“真的很感谢队长”，时至今日，小刘提起这段事，依旧难掩感激之情，“没有许队长的包容，就不会有我的今天。”

@ 天津港党校崔颖：因为关爱所以温暖，因为善意所以包容。以人性化的方式促进其成长是对员工最好的福利。

@ 集装箱公司张国栋：团队是企业发展的基石，也是由每名员工个体组合而成的。而充分发挥每名员工的作用，需要关心、关爱、包容、务实。

@ 培训中心员工：超越自己，带好一个管理团队，是何其重要！首先是激励制度要对，其次是企业文化要对。要注意与员工保持沟通，让他们知道我们在做什么，并尽可能取得他们的认可。

@ 集装箱公司小美：“倒三班”辛苦，“提神电话”及时，对待员工要理解＋包容。

每次进步一点点

按照以往的工作方法，滚装码头的理货员需要拿着舱内标记书钻进四五十摄氏度的船舱中，对数百甚至上千辆新车进行标记，以方便司机将车辆驾驶至预定的停放地点。但数千条车辆序列号密密麻麻地记录在几十张纸上，一一核对起来，既费时，又费事。通常两个小时工作下来，理货员都会汗流浃背。理货队队长刘亮看在眼里，急在心上。

“一个好队长，不是给队员增压，而是要减负。”刘亮有自己的管理思路。

如何才能减轻理货员的工作压力，又能提高理货的准确率呢？利用信息化手段可能是一个好办法。于是，他积极参与了“滚装理货电子信息系统”的研发。

革新一点点，效率大提升

用理货电子信息系统，将舱内标记书传输到理货员手中的“手持机”上，一改过去传统地翻页寻找的方法，通过扫描，场地位置立刻显示在屏幕上，很快便可以得知该车辆的停放地点，免去了重复查找的弊端，大大降低了理货员的工作强度。

用“手持机”的标记方法工作效率比以前提高了8倍，原来的单车作业效率需要四十余秒，现在只需要5秒。系统验证一个个数据结果，看着每次一点点的技术革新和流程改进，都能带来操作效率和准确率的提升，刘亮格外高兴。

@ 二公司员工：如何使用新的科技手段来创新实际生产中的管理手段，刘亮用实际行动完美地表达了科技进步会带来管理进步的真谛。

@ 建设公司刑然：看似渺小的差距假以时日，必定会有天壤之别。在我们惰性占上风的时候，我们需要这样对待自己，每天再多一点点的付出，那么时间会给予我们应得的收获，这也是我们对自己价值的提升和精神的馈赠。

@ 二公司张文超：一点点的进取，会让你不断成长，脱颖而出；一点点的创意，会让你卓尔不凡，备受关注；一点点的思考，会让你挖掘真谛，感悟人生。也正是这些“一点点”，为你铺设了一条通往成功之路。

一辈子，一生情

很多在天津港工作的人，都把青春的美好时光奉献给了天津港，可谓是一生的港口人，一辈子的港口情。

五公司的老马下个月就退休了，按照公司规定，退休前可以先把年假用了。老马 15 天年假再加上没日没夜的加班，提前一个月歇班都理所应当，可他却一门心思跟码头改造项目耗上了。

老马的敬业众所周知，码头改造项目时间紧、任务重，还要保质量、控制预算，老马天没亮就到，星星满天才走，渴了喝矿泉水，饿了就在库房泡碗方便面。每一次现场测绘、每一次实地勘测，都能看到老马的身影，“找老马，到现场，一找一准”成了同事的口头禅。

“你不知道西侧泊位改造对五公司的意义，如今天津港都提转型发展、创新发展，我们是有东侧深水泊位作支撑，但是西侧码头等级不到位，那就是缺胳膊短腿的感觉，咱要改造就得把活干漂亮了，钱花得最少，质量最好，那叫漂亮活!”老马对着负责设计的王工程师说。

老马的固执远近闻名，王工程师第一次感受到这个执着于自己信念的老头子是如此的可爱:“我说老马，你下个月就退休了，这个项目也不是一天两天的事，你干吗自己跟自己较劲!”

“王工，你不是我们土生土长的天津港人，可能你没有这种感觉。我技校毕业就直接被分配到这里，40 年不短啦，每天不往码头走上几趟就不踏实，看着天津港一点点进步我心里那是真美，不说了，咱码头走一趟!”

夕阳西下，码头的岸线前沿倒映出两个长长的人影。

@ 劳务发展霍胜春：人生就像孩子手中的铅笔，看起来好像很长，可用起来不知不觉就短了。这一辈子，我们其实做不了太多的事，所以能做就赶快做，并尽量把它做到最好。

@ 轮驳公司员工：在天津港人眼里，港口就是家，无数的老前辈们将自己青春的美好都献给了港口，这种感情，是一辈子的，对港口的眷恋，也是一生。他们是港口最美丽的人。

@ 劳务发展许多：多少前辈为天津港默默无闻地奉献了一生，为我辈新津港人点亮了一盏前行的明灯，踏着前辈留下的脚印，开创天津港新的篇章。

角色的转换

赵涛是一名场地中控员，来港已经有了5年的光景，对提单号查询、特殊箱进出港、集港写卡等业务颇为熟悉，是部门中的业务骨干。3月26日一大早，赵涛很早便到了单位，麻利地换上工装，却没有和往常一样赶赴现场，而是前往缓冲区报到。按照公司在操作部开展的“做一天司机，当一天办单员”培训活动要求，从参加交接班会开始，赵涛将正式体验一天办单员的工作。

“现场指挥机械操作都没问题，写单子办业务能有啥困难！”原本自信满满的赵涛，在实际动手办理了几项业务后，心里却不免紧张起来，一边要随时注意中控员发来的信息，一边又要向询问的司机耐心说明情况。趁着休息的间隙，他擦了擦手心的汗，笑着说：“以前我指挥机械作业，遇到特殊情况就对办单员说暂时不能作业了，等电话吧。没想到啊，他们还要耐心地对车队司机进行解释，他们的工作真是不容易。”

“办单业务说起来很简单，其实就是一张单据，几个箱号，但是它却很复杂，因为每张单据后面都蕴藏着货主焦急的期盼，我们只要多想一步，司机师傅就能少走几步，就会多一份对我们的肯定。”赵涛想起了检查桥办单中心值班班长张斌在上岗前的嘱托。“其实只要我多说一句话，他们解释起来就会更容易，就可以把更多的时间用在处理业务上。”赵涛感慨道。

与赵涛有相同体会的，还有单船计划员王伟，在到机械队报到前，接受完安全教育的王伟深有感触地说：“队长说得真对，我们站在门机上，想想吊具下面如果站的是自己的兄弟，那么我们的岗位安全意识和行为就不能有半点马虎。”

“做一天司机，当一天办单员”的活动随着夕阳西下也接近了尾声，像赵涛、王伟一样，互换了工作的人们也都回到了各自熟悉的工作岗位。体验活动虽然结束，但换位思考才刚刚开始，多一分理解，多一分包容，多从对方的角度思考问题，公司的工作才能更好地开展。一如王伟临行前所说：“我体谅他，他理解我，多沟通，以后的工作干起来就更方便了。”

@ 电力公司曹宝龙：不同的视角，我们会看到不同的世界，通过不同角色的尝试，我们会学会沟通、体谅、宽容。

@ 生服公司周君：只有把换位思考融入到每个员工的灵魂深处，落实到每个员工的日常行为中，才能从根本上增强员工的责任心，形成管理上的良性循环。

天津港情缘

“锡婚”是人们对于结婚十周年的俗称，寓意这时的婚姻会像锡器一样柔韧、不易破碎。刘总笑着说，他现在对天津港的感情像极了这个比喻。

十年前，刚刚从海外学成归来的他，便被股东方作为代表派驻到天津港，担任合资码头市场部经理。

“那时的我特别有热情，就想大干一番！”一句话勾起了刘总十年前的记忆。

当时，他极力推行新的管理方式和测评考核体系，希望打破原有的管理流程，从而提高管理效率和股东收益。然而，思想观念、价值观的种种差异，让他的管理新政推行起来并不是那么顺利。很多员工不理解他的做法，曾在电子邮件中对他提出了建议。为了加快新的管理方式落地，他对这些意见采取了冷处理的方式，并采用命令式的管理姿态，强制推行新的管理举措。因为在他看来，正确的事情一定要坚定不移地推动实施。

结果却是意想不到的糟糕！员工们的抵触情绪，不仅没有使新的管理方式发挥出应有的效益，也让那时的他心灰意懒，辞去了在天津港的职务。

离开天津港的几年间，他先后去过几家船公司和港口企业工作，相比之下，他怀念起天津港的文化氛围。

“心底里有个声音告诉我，天津港人真的很开放，很包容，很务实，也很有人情味。几年的经历让我明白，不同的成长环境下，文化的冲突是客观存在的，但一切的冲突都可以通过尊重、沟通、了解、协商来解决。”刘总对此感慨万千。

五年后，作为股东方代表，刘总重新踏上了天津港的土地。而这次的他已经是“有备”而来。

与十年前不同的是，现在的他每天早上都会主动参加公司的调度会。很多棘手的问题，很多不同的看法，都会在调度会上进行讨论交流、达成共识。这样面对面的沟通方式，比起过去命令式，以及电子邮件沟通，不仅带来了高效的工作节奏，更为他平添了舒畅的工作心情。而在十年前，他觉得公司的调度会只是例行公事，会让部门主管代替他参加。理解了天津港的文化特性和工作惯例，刘总更加能感受到天津港企业文化的优势。

“天津港人非常包容外来文化，举办各种会议或活动，会邀请外方代表参加；能够积极聆听外方建议，做到取长补短。天津港人对外方代表的尊重，让我觉得自己也是天津港的一分子，自然也要为天津港的发展贡献自己的力量。”刘总对于天津港人赞不绝口。

作为股东方代表，现在的他不仅认真维护股东方的利益，还结合天津港的实际，努力尊重、积极维护合资企业与员工的利益。如今，刘总的工作开展起来越来越顺利，他不仅在天津港愉快地工作，还把自己的小家安在了这里，成为了一名地地道道的天津港女婿。

@ 集团组织部李博玲：富有人情味并不代表企业管理有失规范，而是基于尊重、理解、包容的管理艺术，使员工与天津港结缘生情、磨合进步、共享成就。

@ 联盟国际员工：创建世界一流企业，需要我们的企业文化更具开放性、吸收性和包容性。

@ 设施中心员工：刘总被天津港的企业精神感染着，也在用自己的实际行动去践行着“爱港、包容、务实、创新”的天津港企业精神。

“大数据”里的智慧

每周在线故障维修一百二十多条，问题五花八门，内容繁杂。设备运行部的同事如同救火队员一般，不停地穿梭在生产现场，经常是刚修好一台正面吊，又要看看那台叉车出了什么问题。毫无头绪的应急维修，让邹本铭有些上火，一来，他心疼伙伴们的辛苦；二来，如此多的维修势必会影响到设备的使用率，耽误生产。如何打破僵局，成了邹本铭的一块心病。

邹本铭是天津港国际物流公司设备运行部主管。设备运行部的职责是为公司生产提供设备的运维保障。该部门是公司在2013年年底新成立的。虽然成立时间不长，但他们的工作量可不小，全部门管辖22台正面吊、75台叉车的养护维修工作。

正当他焦头烂额、无从下手之时，偶尔看到电视新闻播报：一网站用近10万亿关于价格的大数据记录，帮助乘客预测某航空公司的票价，其准确率高达75%，使用该网站的票价预测软件购买机票的旅客，几乎都可节省购票成本。

用时下流行的“大数据”对设备养护维修管理，这个新思路让邹本铭豁然开朗。通过大量的数据分析归纳出故障规律，对症下药。但是新思路也带来了新问题，现有状况下，工友们的工作量已经很大了，再让大家进行海量的数据分析，困难可想而知。带着纠结的心情，邹本铭把他的想法与主管领导以及工友们沟通，没想到大家一致支持，因为这或许就是改变现状最好的破解之法。

说干就干。其实，数据统计对他们来说并不陌生，设备的统计工作之前也进行过，而这次他们按照维修的轻重缓急进行了分类，找出重点问题进行解决。经过对数据的统计分析，邹本铭和工友们把设备的在线故障原因分为 5 类，包括吊具系统、电气系统、液压系统、发动机及变速箱系统和非机车故障。数据进一步细化，他们又发现吊具故障的比例占到总故障的 65%，而液压马达维修则占到吊具故障的 70%。再次深究，邹本铭和工友们终于发现了吊具故障的主要原因，原来是液压马达座孔和螺丝的连接方式出了问题。在有针对性地进行技术改进之后，正面吊的故障率由去年的 10% 下降到了如今的 2%，设备使用率得到了很大的提高，各类生产绩效指标也有了很大提升。

培训风采

公司组织了一次“大数据管理培训”，站在培训讲台上，尝到了“甜头”的邹本铭说：“数据分析，在我看来是一种工具，当大家都去用数据规范管理时，就形成了一种理念，一种统一的管理思想和文化。”

@ 东方海陆吴恺：大数据时代正在向我们走来，与其被迫接受，不如主动学习，“大数据”思维将改变你我的未来。

@ 集团科设部员工：运用数理统计的原理与方法，对纷繁复杂的设备统计数据进行分析，是现代化设备管理的基础，也是提升设备管理水平的重要手段。

@ 金岸重工孙凤麟：对矛盾的主要方面进行针对性突破才是大数据管理的重点，身为津港人要具有综合管理的思想，分析事物矛盾突破点的能力。

三个和尚的思维跳跃

老和尚派三个小和尚下山挑水。

第一回合

老和尚说："各自下山挑水，不能走相同的路。"

小和尚顺着山路下山，在河边挑水回来，老和尚说你这是直线思维；

高和尚逆着山路到后山深井打水，老和尚说你这是逆向思维；

胖和尚绕过山梁到山旁的池塘打水回来，老和尚说你这是曲线思维。

第二回合

老和尚说："各自下山挑水，打满寺前水缸。"

三个和尚按照刚才的方法继续打水，填满水缸。老和尚说这是发散思维。

第三回合

老和尚说："用最快的速度打满寺前水缸。"

三个和尚思量后，山下河边距离最短，一起来到河边，三个分别站在山顶、山腰和山下河边，打水后通过滑轮和绳子直线传递，很快填满水缸。老和尚说这是系统思维。

第四回合

老和尚说："各自下山挑水。"

三个和尚对视之后，从缸中取水，端一碗水上来给老和尚，说

“缸中水满，无须挑水”。老和尚说你们这是动态思维，动态思维就是没有主观思维，不按照给定命题思维，是思维的最高境界，不受个人喜恶影响和领导权威诱导，还原本来的真实面目才是根本。

“三个和尚”的启迪

@ 欧亚国际宋天威：在企业的发展过程中，只有随经营环境的变化不断打破思维定式，才能立于不败之地。

@ 传播中心刘瑞卿：不拘泥于思维定势，个人能力的彰显与团队精神的聚合实现绩效卓越。

@ 公安局高春欣：改变一下思维，你就会发现与众不同的世界，从而走出孤陋的圈子。当你主动要求改变自我时，其实你已经走在了寻找正能量的轨道上。

第六节　卓有成效的管理

管理理念：知人善任、科学规范、绩效卓越

天津港集团坚持以人为本的科学管理理念，通过企业内部“人—制度—行为”的协调统一，实现企业管理的绩效目标。

美丽的规则

那是一个傍晚，我们乘着一辆车，从澳大利亚的墨尔本出发，赶往南端的菲律普岛。菲律普岛是澳大利亚著名的企鹅岛，我们要去那儿看企鹅归巢的美景。

从车子上的收音机里，我们知道这个岛上举办的摩托车赛快要结束了。司机和导游是中国人，听到这个消息后，都显得忧心忡忡。因为根据我们的经验，车赛的观众一散场，会有成千上万辆的汽车往墨尔本方向开。因为这条路只有两条车道，我们都担心会堵车，

而真正可以看到企鹅归巢的时间只不过短短半小时，如果因堵车而耽误了时间，我们就会留下永久的遗憾了。

司机加快了车速，想争取时间赶在散场之前到达企鹅岛。但担心的时刻终于来了。离企鹅岛还有六十多千米时，对面出现了一眼望不到头的车流。其中有汽车，还有无数的摩托车。那可是一些特别爱炫耀自己车技的摩托车迷呀！他们戴着钢盔，一副耀武扬威的样子。

此时此刻，从北往南开的车只有我们一辆，可是由南向北的却何止千辆！我们都紧张地盯着从对面来的车辆。然而，出乎我们意料的是，我们双方的车子却依然行驶得非常顺畅。

我们注意到，对面驶来的所有车辆，没有一辆越过中线！

这是一条左右极不“平衡”的车道，一边是空旷的道路，一边是密密麻麻的车子。

然而，没有一个“聪明人”试图去破坏这样的秩序。要知道，这里是荒凉的澳大利亚最南端，没有警察，也没有监视器，有的只是车道中间的一道白线，一道看起来似乎毫无约束力的白线。虽然眼前这种“失衡”的图景丝毫没有美感可言，可是我却渐渐地受到了一种美的感动。

我必须说，这是我平生所见过的最美丽的景观之一。它留给我的印象，甚至要比后来我们看到的可爱的小企鹅还要深刻。因为我从那条流淌的车灯之河中，看到了规则之美、人性之美。

@ 联盟国际鲁见英：我们工作中、生活中都要遵循这样的“白线”，为平安港口、平安社会贡献自己的力量。

@ 设施中心江永胜：突破或“巧破”规则将会带来社会的混乱，破坏良好的秩序，给我们每个人带来的都将是灾难。

@ 集团总裁办员工：当制度的执行无关奖惩，依旧按规行事，唯有强大的信念和对他人的责任，企业之中亦然。

@ 监理公司员工：看似自己方便的行为，其实扰乱了社会秩序，自己最终也得不到方便。如果人人都自觉遵守，换来的将是社会的良好环境。

精准操作 追求卓越

滚装码头堆场 H 区，一场以老带新的倒运班技术比武前夕……

小张走到商品车前，从车子的正前方开始顺时针进行车辆的一周点检，随后打开车门，调整座套、脚垫，上车关门，检查车辆钥匙、启动行车……开门下车、关闭车门，一系列动作一气呵成。

下车后，小张信心满满地走到师傅老王面前："师傅怎么样？明天的比赛咱赢定了。"

没想到，老王没说话，指了指车里的钥匙摆放位置。小张一脸无所谓："嗨，师傅不就是个钥匙吗，放车里不就完了嘛！"

"小子，你要这样想可就不对了，没有规矩，不成方圆，咱们码头坚持的就是标准化操作，要是大家都无所谓，还要这个标准有啥用？"老王严肃地说。小张也收敛了许多。

"我问你，完成倒运工作一共有多少个环节，你知道吗？"

"一共 68 个环节。"

"对，你以为小型车辆左前轮距定位点左右不超过 5 厘米，前后不超过 10 厘米，司机起步速度控制在 10 千米/小时以下，起步后行车速度要控制在 35～40 千米/小时，转弯限速 10～15 千米/小时，车距保持 15 米以上，这些数据都是我们拍脑门定下来的吗？这都是老司机们这么多年根据国内外经验、品质事故、客户需求，一点一点地总结出来的，慢慢地精练后形成了咱们自己的《滚装标准化操作手册》，哪怕一个微小环节疏漏，都有可能酿成品质事故啊！”老王语重心长地说。

“师傅，我知道了！以前我总以为这些条条框框的标准只是纸上谈兵，没想到原来是这样啊！”小张红着脸，挠了挠头。“您放心，我以后在工作中，一定严格按照咱们的操作流程干！哪怕是一个小小的细节，都不会放过。”

“恩，好小子！知道你是个机灵孩子，咱再来一遍，明天的比赛我对你有信心！”老王终于满意地笑了。

码头堆场上，一老一小还在重复着倒运工作的那68个标准环节……

2013年，天津港百万台滚装汽车损伤率（PPM）已达到9，较上年下降18%，一举跻身世界同行业领先水平。

精准操作

员工评论

@ 国际物流员工：天津港发展历程中，建立了无数的规范和制度，制度不是挂在墙上的文字，而是要每一名员工入脑、入心，规范的制定是对操作者的严格要求，更是对客户的承诺。

@ 滚装码头汤锡静："精准操作，追求卓越"是滚装码头公司的质量文化精髓。看似简单的操作，如果重复地做又不出问题，那就不简单了。滚装的核心要求，就是不出任何品质事故。

@ 外理公司付阳：成功与失败也许只有一步之遥，当你已经穿越过重重考验与成功微笑挥手时，细节的一点偏差也会导致你与成功失之交臂。

@ 滚装码头闫岩：标准化操作，属于知易行难的事情，难就难在两个字——坚持。

调度员速成法

陆运调度员小胡一改几个月的愁容，似乎很高兴。再三追问下，小胡道出了原因，原来他的工作顺风顺水，近日还被部门领导和同事表扬了。

小胡原来是一名叉车司机，后竞聘成为一名调度员。进到调度室工作之前就听过调度工作需要对进出口贸易、码头作业等业务流程全面了解，而这些他在原岗位几乎接触不到。为此，小胡在工作之余，向师傅学，跟领导问，可没少下功夫。可即便如此，他还是经常错了流程或忘了单据。工作没有头绪，小胡甚是着急。

最近，他拿到了一本号称调度员武功秘籍的书——《陆运调度作业指导书》。里面一步步的流程，一个个的链接，让他心里有了底——只要照做就行。作业指导书在手，小胡如获珍宝。工作时用它完成任务；工作间隙，他经常比对里面的电话，与各码头、车队联系，便于业务上的顺畅沟通。

虽然，陆运调度作业指导书是调度室的得意之作。但调度室主任李伟显然对作业指导书的作用与目的有更深的用意：天津港现在推行标准化，我们也是响应号召。按照新的作业指导书开展工作，不但可以大大提高陆运调度的标准化程度，同时也可以有效提高作业效率。

今年2月的一天，细心的小胡发现作业指导书中关于验铅封的

描述与目前的执行情况不符，虽然也能完成作业任务，但过于烦琐，不便于实际操作。在他的建议下，李伟主任召集调度室全员又重新梳理了作业指导书的全部流程，他们不仅采用了小胡的改进方案，还将类似流程全部进行了调整，让作业指导书的可操作性更强，小胡也因此受到了调度室的表扬，他说："作业指导书让我从中受益，我也要为它的不断完善做出努力，让工友们和我一样体会到它的好处。"

调度工作的精进

员工评论

@ 国际物流刘石顺：作业指导书传递的不仅是作业流程和规范，更是一种思维意识的转变。

@ 天津港党校教师：全员参与、自上而下的标准化建设，激发了员工实干、创新的积极性，越来越多的创新成果，使工作效率和服务水平不断提高。标准化建设突破了传统的管理矛盾，成为一项被员工所遵从、所信奉、所实践的工作，为企业的持续发展提供不竭动力。

@ 集装箱公司奔五的小李：集大家之所成，制作天津港的行业规范。每个人都是编写者，同时又是执行者，不断调整奔跑的节奏，前进的路一定越来越宽广。

情绪管理　从心起航

又到年底结账时，计财部的员工们埋在成堆的报表里，疲惫悄悄爬上脸庞，烦躁的情绪也在慢慢地滋长。财务经理看在眼里，急在心上，思考着如何改善员工的这种状态。忽然间，她想到了近期公司新建的“TCT 心港 EAP 服务中心”，对啊，应该带着大家去看看！

财务经理马上动身找到工会主席：“哎，年底员工们忙得不可开交，加班、加点都是常事，情绪自然不高，我也着急啊！我想到了你们的 EAP 服务中心。”

工会主席笑了：“您来我这里就对啦！EAP 就是员工心理帮助计划，是为员工设置的一套系统的、长期的服务项目。为了帮助改善组织环境和氛围，解决员工及其家庭成员的各种心理和行为问题，从而提高员工的生活质量以及工作绩效。”

“太好了！这回算是找对了，快给我们计财部组织一次活动吧！也让我们好好放松、调整一下！”财务经理掩饰不住内心的激动。

“您放心吧，我们会根据你们这个部门的特点和现状量身打造一套活动方案，下周五我们专门接待大家。”

计财部的员工们如期到来，心理辅导师小范热情地接待：“欢迎各位同事来到 EAP 服务中心体验，我是今天的心理辅导师小范，还有老张和小白，我们将共同为大家服务。我们的 EAP 有五个不同的房间，分别是咨询室、测试室、放松室、宣泄室和团辅室，它们各自承担着不同的功能……”随后，大家参加了团辅活动、心理减压测试、情绪调节训练。

时间过得好快呀！两个多小时的活动一眨眼到了尾声，一脸轻松的员工们依依不舍地走出了 EAP 服务中心。“刚才的心理测试还真准呀！”“团辅游戏可真好玩！”“气球踩得特过瘾！”大家你一言我一语地说个不停。“我们真的是幸福从‘心’起航啦！”每一个人的脸上都露出了舒心而灿烂的笑容。

员工评论

@ 电力公司刘迎春：关爱员工从“心”做起，以人为本的管理理念才是现代管理科学的精髓，也是企业长期稳定发展的强心剂。

@ 石化码头员工：知人善任的“知人”，就是及时把握员工心理需求，营建心灵放飞的“绿洲地”，将关爱员工的发展体现到最实处。

@ 五公司员工：团辅活动、心理减压测试、情绪调节训练都是职场必备的员工情绪管理的小活动，能真正从心上凝聚员工，激发工作热情。

提升绩效的关键

2013 年年底，公司年度绩效总结工作即将开始……

老白是一名老员工，虽然工作上没出过纰漏，但是在奉献和创造力方面，却是个表现不太积极的人，今年的表现也不是很理想。看着奖金的数目，心中难免有所抱怨。俗话说，相由心生，大伙自然也看出些端倪来。

“铃……”办公桌上的电话铃响了。“老白吗？现在有时间吗？到我办公室来一下！”这是部门经理的电话，老白不免忐忑起来，难道是我的情绪让领导看出来了，大年底的真不顺心啊！老白皱着眉头走进经理的办公室……

半个小时的面谈结束后，大伙儿发现从领导屋里出来的老白脸上既懊悔又兴奋，左手握拳，狠狠地拍了一下右手手心。

绩效管理员小王迎过去小声说：“白哥，怎么样?”

“明年咱得好好干呀，虽说岁数大了，赶不上你们这些年轻人脑子快，但咱有经验呀。”老白说着回到自己的工位上。

接下来进入领导办公室的是小张，充满热情的他和领导的工作风格很合拍，但今年他的工作总是出错，估计领导会通过面谈让他好好地“喝一壶”。

面谈结束后，小张主动来到老白的办公桌前，“白哥，我刚跟领导说了明年的工作想法，领导很支持呀。不过，领导叫我再想得细致点儿，服务员工的活可不能出错，是不是？我要多跟您学习呀，您可得帮着我点儿。”

“没问题啊，这都不叫事，互相帮助，共同进步吧，哈哈！”老白说。

“这个小张从来都不把白哥放在眼里，今天倒是来了个 180 度大转弯，绩效辅导真不错。”小王心想。

部门员工陆陆续续谈完了，大家从领导屋里出来都变得踌躇满志，斗志昂扬……

绩效提升的关键在于良性沟通

员工评论

@ 集团人力部员工：绩效管理存在着误区，企业和员工往往只关注绩效结果，却忽略了绩效沟通，殊不知绩效管理的初衷就是通过持续的交流改善员工的行为方式。

@ 东方海陆于润锋：考核很重要，但更加重要的是如何通过沟通来激励员工改进工作中的不足，这才是全面提升绩效的关键。

@ 四公司员工：企业目标的确立来自科学的决策，而高效的执行力是高绩效的重要决定因素。

一篇文章的选题

“要让我说，就从招贤纳士落笔，举一个集团公司不拘一格引进外部优秀人才的例子，从而引申到集团知人善任的用人理念和开阔严明的用人制度，为世界一流企业的愿景提供人才支撑。”李明看着《企业文化手册》有感而发。

“不错啊，这个例子不但符合现代企业管理制度，而且还响应了集团公司新的企业文化理念，多有标志性的一个事儿啊！可是有这样的实例吗?”张华望着李明。

两位《奔跑者的梦想》的编委会成员正在甄选文章主题。

“有了，”李明一拍书，兴奋地站了起来说道，“早段时间，我们对金岸重工进行了一次深入采访。据说金岸重工的朱总就是这么一个例子。”

“对，我也听人说过朱总是天津港引进的高端人才。快说来听听。”张华也跟着兴奋了起来。

李明呷了一口茶，慢慢地说了起来。原来，金岸重工的总经理朱宝东曾供职于某企业，由于与天津港有项目合作，天津港对接小组的领导通过多次与朱总接触，觉得朱总做事情很有自己的原则，尤其对产品细节的敲定和质量的把关很严谨。后续接触中，天津港的项目对接人员也体会到朱总在重工制造行业的专业性和权威性，而天津港在重工领域刚刚起步。

从人才战略上来看，天津港想在重工领域有一个好的开始、一

个长远的发展，那么像朱总这样的人才就必须引进，不能仅仅局限在天津港内部，这就叫“不拘一格降人才”！

一开始，朱总有点犹豫，在原企业工作了这么多年，感情和热情都投入在那里，已过不惑之年再“跳槽”是一种挑战。经过天津港领导和组织部的多次游说，朱总决定一搏，一方面出于对自己的挑战，更多的是对重工制造业的热爱。

他到天津港后带领金岸重工在海外、海工、桥梁等高端市场均获得了突破性进展。2013 年承揽大型设备制造三十余台，争取到了黄骅港神华四期设备制造、哈萨克斯坦天然气管道撬块制造、巴西吊装设备和中海油海管等项目，先后取得了行业内的多项资质和认证，获得了进军装备制造的入场券。

“好勒，题目就叫《空降司令朱宝东，着陆金岸起东山》！”张华听完朱宝东的故事，文章的标题都替李明想好了。

领导的人才观

@ 建设公司张昕晔：综观中外，每个成功企业的背后，无不屹立着一个卓越的企业家和他所带领的企业领导者团队。美国通用电气的杰克·韦尔奇、中国海尔的张瑞敏、联想的柳传志等都是为人津津乐道的卓越的企业领导者。为了得到金子般的出色领导人才，付出再大代价也是值得的。

@ 二公司贾莉：企业最大的资产是人，优秀的员工可以为企业创造无限的财富。

小张的小紧张

小张第一天上班，紧张与兴奋溢于言表，“货代”这份工作是他自己的选择，小张很清楚“理想很丰满，现实很骨感”，要成功一定要付出。

这不，师傅亲自出马，带小张出来跑第一单。

“小张，书包里鼓鼓囊囊装了什么?”师傅腋下夹着一个小公文包，轻装上阵。

“哦，带了一本贸易专业书、一袋饼干和两瓶矿泉水，我同学说跟单、跑单一等就个把小时，一定要把自己的装备配齐才能‘满血’升级。”

师傅听闻默默一笑，说：“走，咱去的地儿不用。”

来到外代航运中心大厅，宽敞明亮的等候区、整齐的桌椅和满目的绿植立刻舒缓了小张的紧张感。取号机、提示牌、自助查询机一应俱全，工作人员衣衫整洁，彬彬有礼。

师傅带着小张在取号机前拿号——在U形等待区等候——拿着一张IC卡在窗口柜台办理业务——结束!

“走吧，办完了。”前后不到十分钟，小张有点丈二和尚摸不着头脑，张口结舌地问：“怎么那么快，师傅，都办完了?我同学……”“别你同学了，人家天津港外代现在提出的是星标准，心服务，现在不流行星星吗，我说他们就是来自星星的牛人，咱边走边说。”

师傅向小张介绍了自己的经历：

“过去来外代办单证，一等就是一两个小时，办个进口放货要走5个窗口，个个窗口拿号、个个窗口排队，现在想起来都觉得不可思议。刚实行一站式服务我还有点不适应，总觉得缺点什么，跟人家反复核对，没想到只在一个窗口，三五分钟从提交提单到审核、扣款、打印都办齐了，你说咱还用‘备粮度荒’吗?”师傅开玩笑地对小张说。

“星标准，心服务！哇，可真酷！”小张兴奋地扮了个鬼脸，“怪不得，有这么多荣誉呢！”随着他手指的方向，一行行大字正在大屏幕上滚动播放：“全国实施卓越绩效先进企业”“天津市质量管理奖”“华北地区唯一一家国家五星级窗口企业”……

小张的第一天

@ 劳务发展孟召金：一个具备“集中、便捷、经济、高效”的一条龙服务企业，它所展现的不仅仅是服务功能的扩展，更彰显着企业在未来发展领域能够生存的卓越战略眼光。当一个企业把服务看作自己生存发展的生命线时，他已经为明天的辉煌奠定了坚实的基础。

@ 轮驳公司员工：小小说的形式生动展现了优质服务的高效提速，通过人物的对话看出了服务的今昔对比，新颖独特。

动物园的骆驼

在动物园里的小骆驼问妈妈："妈妈，妈妈，为什么我们的睫毛那么的长？"

骆驼妈妈说："当风沙来的时候，长长的睫毛可以让我们在风暴中能看得到方向。"

小骆驼又问："妈妈，妈妈，为什么我们的背那么驼？丑死了！"

骆驼妈妈说："这个叫驼峰，可以帮我们储存大量的水和养分，让我们能在沙漠里耐受十几天的无水无食条件。"

小骆驼又问："妈妈，妈妈，为什么我们的脚掌那么厚？"

骆驼妈妈说："那可以让我们重重的身子不至于陷在软软的沙子里，便于长途跋涉啊！"

小骆驼高兴坏了："哇，原来我们身上都是宝，这么有用啊！可是妈妈，为什么我们还在动物园里，不去沙漠远足呢？"

骆驼妈妈陷入了沉思……

@ 欧亚国际丛颖华：人地不宜，暴殄天物。成功的人才运用 = 准确认识员工能力 + 调动员工工作热情 + 提供良好工作环境。

@ 公安局高春欣：人尽其才，物尽其用。好的管理者，善于细心观察发现每个员工的特长，并尽可能为他们提供适合他们特长的岗位，使个人与企业一起成长。

@ 传播中心贾云泉：拥有成功必备的条件并不等于成功，还要有达到成功的环境。

第七节　协同共赢的市场

经营理念：诚信为本、功能制胜、互利共赢

天津港集团坚持互利共赢的市场经营理念，通过企业外部“市场—服务—效益”的协调统一，实现企业经营的永续发展。

玉米和藤蔓

一颗玉米粒孤零零地落在墙角空地上，不久，它冒出嫩黄嫩黄的玉米芽，路过的人都摇头叹息：“单颗的玉米长不高，没有别的玉米和它比，就像吃饭的孩子，没有其他孩子争着吃，饭是不香的。”

小玉米芽依然自顾自地长着。

一个月后，不知什么时候，玉米棵上爬上了一条藤蔓，水蛇般顺着玉米棵往上攀缘，不知不觉已和玉米齐高。

又过了一个月，玉米长得比一个十岁孩子还要高，懂农事的人们又说："拔掉吧，单独的一棵不能授粉，不能结子，只能当柴烧……"说归说，人们习惯了墙角的小玉米。

几天后，藤蔓开花了，整棵玉米如穿上了火红的裙子，十分漂亮，本来是一个墙角，却破天荒地竟招来了蜂蝶，嘤嘤嗡嗡地飞舞其间。

那个秋天，玉米棵上结出了四个大个头的玉米，个个子粒饱满，玉米棵上的藤蔓花开了整整两个月。

饱满的玉米、火红的花、飞舞的蜂蝶，成了整个墙角的动人风景。

懂农事的人们纳闷，这样的玉米怎么会结果呢?

后来，他们悟出了道理，原来玉米和藤蔓互相帮助了彼此，孤零零的一棵玉米本是没有劲头往上长的，突然藤蔓为自己的身体增加了重量，它若不长势必被藤蔓缠死。于是，玉米拼命地积聚能量强大自己，此刻的玉米在和自己较劲，胜了自己也就赢得了这场战争的胜利。后来，藤蔓开花了，帮玉米招来了蜂蝶，蜂蝶有些来自田间玉米丛，尾部沾上了田间的花粉，阴差阳错地给墙角的玉米授粉……

@ 劳务发展齐学军：相互竞争与相互帮助是促进事务发展的根本原因，跟自己较量，和别人共用能量，原来这就是玉米和藤蔓实现共赢的奥秘！把这一道理延伸到我们的生活中，不也是如此吗？

@ 煤码头员工：对手是成长的加速器，能够激发自我的无限潜能。而竞争中更要善于发现合作的机遇，创造“1+1远远>2”的价值。

@ 轮驳公司员工：玉米和藤蔓就像互相竞争且扶持相生的伙伴。人与人之间的相处也需要竞争与合作，没有比较容易懈怠，没有合作难成大事。

上班有时间　服务无止境

17 点多，现场作业的工人们都已经收工。天津港国际物流公司值班室里，一串急促的电话铃声响起。电话那头，语气听起来非常着急。原来客户的交货期要到了，为了赶工期，所以有批货物要当天提走。如果延期，客户将面临着巨额的违约金。

张旻有点犹豫，工友们都忙碌了一天，这个时候可能刚刚到家，可能正端起碗筷，与家人一同吃晚饭。想起客户焦急的神情，张旻思考再三，决定召集工友，并指定专人等待客户办理提货业务。

当晚 18 点 30 分，整个验放中心启动了联动模式。调度室联系业务大厅、早已下班的装卸、叉车队员……半小时内，一套作业班子人马集齐。

提货车辆当晚 19 点到达。标准的流程，娴熟的操作，3 个小时的团队协作，客户的货物顺利离场出港。深夜，验放中心重新恢复本该属于夜晚的平静。

张旻说："提高通关效率，是我们对客户的承诺。上班有时间，但服务无止境。只要我们站在客户的角度，设身处地地为客户多想一步，多干一点，客户认可，市场就能做大，收益才会长久。"

当提到加班加点工作的工人们时，张旻有些激动："他们是最可爱的一群人，无怨言、不计较，我为他们感到自豪……"

张旻是国际物流公司验放中心一场场长。一场工作就是配合进出口查验部门对指定货物进行集中查验。对他们来说，查验效率关乎天津港、天津口岸的通关效率，因此他们一直在努力。

@ 联盟国际李增庆：通关效率、港口环境这些软环境同样关乎天津港的形象和未来的竞争地位。

@ 设施中心员工：张旻为天津港递出了一张诚信的名片。当遇到困难，不去找推脱的借口和理由，而是全心全意为客户寻找解决的办法，切实实现对客户的承诺，用诚信换取客户的认同与赞誉。

@ 联盟国际曲明：把“服务是生命，满意是追求”的服务理念落实在为用户服务的具体工作中，体现了天津港精神风貌，展示了广大员工的整体素质。

请提前告诉我

“明年您还来这里吗？请提前告诉我。”世界酒店之父康拉德·希尔顿先生凭借这句话，打造了世界顶级酒店的神话！天津港人同样用这样的理念，创造了集装箱码头的“预约集港”模式，打破了多年尘封不变的集港收箱模式，开创了同行业的先河。

康拉德先生最初是从开办家庭式旅馆起步的，当时生意相当火暴。可随着时代的变迁与市场的低迷，这种原始的、随意的运作模式无法适应经济不景气时期所带来的萧条。也正是这次经历，让他知道了信息采集和市场预判的重要性。

怎样才能适应时代？怎样才能实现双赢？这是问题的关键。

天津港在1980年率先成立专业化集装箱码头，可以说是全国集装箱码头行业的领跑者。三十多年过去了，我们的吞吐量从十几万箱蹿升至一千多万箱，码头数量、堆存面积也都在不断地增加和扩大，操作工艺、操作模式从一开始的纯手工操作，发展到各种集装箱码头操作系统、管理系统以及GPS的运用，而在不远的将来，全自动化的集装箱码头也将在天津港建成投产。我们迎来了更快、更新的信息化时代，适应时代、实现双赢必须做到以市场为导向，让功能抢占先机！

天津港人向来“雷厉风行、务实高效”。历时6个月，走访三十多家堆场，以天津港统筹集疏运系统为平台的预约集港系统在东方海陆公司率先运行，并普及到全港的集装箱码头和堆场。通过系统平台自动进行信息公布、信息录入及信息采集、申报、审批等环节，使码头提前预知到港箱量、箱型、堆场等信息，再相应进行场地安排和机械配置。堆场则针对不同码头申报不同作业时段，做到对运力的统筹安排，不再像原来那样误打误撞，既浪费了自己的运力和精力，还影响了下一个码头的集港计划。

通过预约集港模式的运行，码头降低了场桥和拖车的空耗时间以及相应的电耗和油耗，堆场降低了拖车油耗以及空耗造成的碳排放量。借用堆场反馈回来的话说："码头为我们办了一件大好事，因为我们的集港已经从无据可依发展到有律可循了。"

天津港人的"预约集港"模式

@ 集团业务部丁凯：“提前告诉我”——使得客户与作业公司之间实现高效对接，节省了宝贵的时间资源。

@ 集装箱公司奔五的小李：客户和我们有一个约定，能否如期赴约看似在客户，实质更在于我们的态度。

我们都是服务员

“飞机已进入自动巡航阶段，您可以打开遮阳板。我们即将为您提供茶水、咖啡和饮料，欢迎您选用……”

听着广播，老常睁开了眼睛，忙碌了一夜的疲惫感正如潮水般向他涌来。望向窗外，万米的高空已是无尽的云海，太阳的光芒就像千万条金色的丝线，从云隙间投射出来。

他随意拿起一本宣传册，翻了翻，眼睛立刻被一幅大大的照片所吸引——“庆祝天津航空首架空客 A320 投入使用，让您尽享舒适宽敞的云端体验”。这份天航的广告，一下子让他困意全无。啊哈！昨夜还奋战在空客接卸现场，难道现在就坐上自己接卸的飞机啦！

老常的思绪一下子拉回到了 2006 年。那一年，《国务院推进滨海新区开发开放的若干意见》正式出台，天津滨海新区一时间成为举世瞩目的热点。也是在那一年，中国与欧盟合作的重大项目——欧洲以外的第一条空客总装线正式落户滨海新区，成为拉动新区经济更快腾飞的强劲引擎。

从德国汉堡到中国天津，使用集装箱船舶跨洋运输飞机大部件当时在全球尚属首次。在这样一个物流运输链中，任何一个环节出现问题，都可能造成无法想象的后果。天津空客项目能否顺利承运、安全接卸、成功组装生产，令中欧双方密切关注。

面对世界上对安全要求最为严苛的航空器，天津港人组织精兵强将成立课题攻坚组，以高度的政治责任感和使命感投入接卸的实

战演练，而老常正是这支队伍中的一员。

刚开始时，法国客户对天津港的接卸水平并不是充分信赖，那时，老常他们都憋着一股劲，心想一定要做到安全接卸，让外国人无可挑剔！为使空客接卸质量达到国际一流水平，他们制定了《空客 TCU 接卸作业质量计划》，所有环节均形成程序化管理；提出“零缺陷”的品质要求，即接卸质量“零损害”、出运时间“零延误”、船舶班期“零拖延”。

从2008 年首架大部件抵港到2012 年第100 架大部件落地，从每月接卸 1 架到每月接卸 4 架，天津港人用严谨的作业态度、专业的现场管理，彻底征服了欧洲空客公司的专家们，并赢得了空客（天津）总装公司以及全程物流承运人中远集团的高度赞赏，为服务空客项目、拉动新区经济做出了积极的努力。

我们都是服务员

"您需要什么服务?"漂亮的空姐打断了老常的思绪。

"呵呵，我们其实都是这架飞机的'服务员'。你在为飞机上的乘客服务，我是为这架飞机提供接卸服务!"说完这段话，老常很是神秘地对空姐笑了一下。

看着一脸迷茫的空姐，老常笑得更加得意。

@ 滚装码头彭国栋：从客户对天津港服务的挑剔到信赖，从小件装运到大件空客 TCU 的接卸，无不说明天津港的服务态度在转变，服务方式在升级，服务内涵在拓展。

@ 外理公司尹为：一个企业要赢得客户、合作方足够的信任，取决于自身的实力是否过硬，自身过硬了，你的努力将换回大家的尊重。

@ 国际物流员工：坐着自己"接卸"的飞机，老常的自豪感油然而生。这样的骄傲只有天津港人才能深深体会。如今，天津港业务已经延伸到了物流金融、港口地产等多个领域，我们正在向世界一流企业加紧步伐。

小短信解决大问题

4月份的一天，又是集港的日子。货运公司的小张却没有像往常一样，不停地拨打电话查询公司的货箱是否顺利装船，而是悠闲地坐在办公室中，有条不紊地处理着公司业务。几分钟后，五洲国际集装箱码头公司客响中心的网上系统发来集装箱已全部装船的提示短信，小张立刻进行了汇报，得到了领导的表扬。心情大好的小张不禁又在心里为五洲国际公司客响中心的优质服务点了32个赞。

以前每逢集港，小张都有种“如临大敌”的感觉：箱子虽然送去了，但不知能不能装到船上，每次只能打电话询问，但有时信息反馈不及时，一等就得两三个小时。赶上箱子多的时候，很容易耽误后续工作。回想之前动辄就要拨打十几个查询电话的那股焦急劲，小张直到今天仍然心有余悸。

改变发生在上个月的一次集港报关。小张填写报关单时，客服专员让他在单子的背面写下手机号码。“听说是为了方便反馈信息用的，不过我还是觉得电话查询更放心。”小张对此有些半信半疑。集港完毕后，放心不下的他还是拨通了查询电话。“客响中心的专员让我耐心等候，一旦有了信息反馈，便会第一时间把短信提示发到我的手机。”果然，不到20分钟，短信就传了过来。“没想到，这短信真的发过来了，以后就不用对着数字一单一单地去查询了，省时省事还省力，真是太方便了！”

原来，在小张打来电话询问货物信息后，客响中心的客服专员迅速通过电脑查到小张咨询类似问题的电话记录，在系统里为小张设置推荐“短信提示”服务。“只要小张需要此项服务，以后第一时间就会有短信告知他相关信息。”该专员说，“我们通过分析客户的行为习惯，可以量身定制服务。”

“客响中心不是传统意义上的24小时电话客服，是一种自下而上的服务管理触发机制，提供可量化的管理评估改进和装卸业务延伸的辅助有偿增值服务。”客响中心主任王颖介绍说，一旦遇到需要部门之间协调解决的问题，客响中心立即生成一张工单，随后出现在周一的调度会上，针对问题发生的原因、解决办法、耗费时间等环节进行案例分析，让客户的声音指导码头管理。此外，客响中心另一个重要职能是研究客户的行为习惯，量身定制服务产品，为客户节约单证、交通、人力成本，减少客户与码头的接触环节，真正实现付款、办单等业务的非柜台化。

@ 电力公司张荣福："让客户的声音指导码头管理"，看似平凡，却因为用心而赢得用户信赖，值得肯定。

@ 石化码头沈雁：一条小小的短信，反映的不仅是作业进度信息，更折射了天津港对于强化内部管理、优化服务流程的积极探索和执着追求。

@ 五公司员工：生意中岂无学问，经营内自有文章。用心经营在乎细节，"客响"——"客想"——想客户所想，才能与客户想到一起。

赢在合作

早上，黄姐比以往早了半个小时到公司。今天某集装箱物流公司来东方海陆对标学习，这是两个公司第二次进行对标学习。双方管理人员主要会针对财务预算、授权、培训和流程改进等方面在实际工作中的应用和操作流程进行探讨。

东方海陆公司自成立以来，率先进行了绩效管理、预算管理、PIT流程改进等多项管理尝试，“近学东方，中学招商，远学PSA”的说法一时也风起云涌。黄姐是人力资源部的，按理来说企业的接待工作通常都是由“总经办或行办”统一负责，但在东方海陆没有“行办”这一部门，接待任务则会根据业务对口原则由相应的职能部门负责承办，其他部门配合落实，所以黄姐就成了本次对标学习接待方的负责人。

黄姐通过一张“东方海陆公司接待策划”的A4表格，将需要其他部门配合准备的事项一一列明，如资讯科技部负责电脑设备支持、安全管理部负责现场参观车辆引导支持、财务行政部负责准备招待品及车辆等。这些事先准备工作，无须黄姐再一层层地报领导审批，各部门根据“东方海陆公司接待策划表”积极配合黄姐完成接待任务。

黄姐很主张这种“扁平化”的组织形式：简洁高效，任务明确。一方面，决策都源于组织的基层，用于沟通和协调的会议减少，组织成本降低，竞争力提升；另一方面，能够给予员工充分参与管理、提出建议的空间，让员工拥有更多的权利，使得员工更加积极地投入工作，充满成就感，愿意与企业共同成长。这是一种对员工的“柔性管

理”，员工绩效得到提升的同时，帮助组织更好地实现预定目标。

合资十来年，东方海陆是国内多家港口企业学习的标杆，也为天津港培养了众多的集装箱码头管理人才。16 年前，作为天津港第一家与外方合资共同经营的集装箱码头，东方海陆承载了股东方和社会各界更多的期盼。16 年过去了，这家创造着人均利润最高的集装箱码头依旧焕发着勃勃的生命力。

员工评论

@ 集团业务部余雷：效率高、效果好，一直以来是各行业内优秀企业不断追求的经营之道。案例中的员工很好地完成了这个目标。

@ 四公司员工：赢得市场不仅要学会换位思考，更要懂得与客户实现合作共赢之道。

@ 东方海陆高延辉：尽心，创新，团队是保障；安全，高效，卓越是追求。找管理要效益绝不是一句空话。

新每日三宝

每天晨练结束老齐都会到“金鼎主食”买馒头，这已经成为了他的习惯，不仅买回去作为自己和老伴的早餐，而且还要帮儿女们捎上几个。

“老齐，这是上哪儿啊?”王大爷高声问。

“去买几个馒头。”老齐一手拎着茶水罐子，腋下夹着报纸，慢腾腾地来到小卖部，眼睛不住地瞟着烟卷。“别看了，齐伯，齐姐姐嘱咐我们了，不卖您烟卷。”小卖部售货员小娟笑眯眯地说。

老齐不耐烦地看了小娟一眼，说：“来几个馒头!”

“嗯，今天馒头好，新来的，您看金港滨的车还没走呢。”

往外一看，一位穿白上衣的师傅正在往下提两篮子面寿桃。金港滨的馒头和面寿桃如今家喻户晓，馒头是戗面的，香香的，有嚼头。

想起三四年前，老齐儿子捎回来几个大白馒头被一家人疯抢一空，还有刚满周岁的孙子摇摇摆摆抢馒头的场景，老齐就觉得好笑。那时候整个塘沽区也就两三个地方能买到金港滨的馒头，运馒头的车还没到，销售点就已经排上了长队，有时候去得晚了，枣糕、发糕、豆馅包子都抢不着，几年工夫，“金鼎主食”连锁店面已经遍布滨海新区各个角落，小区里的小卖部、集市里摊位上处处可见。

“齐伯，您来几个馒头?”思绪被小娟略带童音的声音拉了回来。

“白馒头两个，玉米面窝头两个，我老婆子爱吃，枣糕一个，豆馅包子两个，明天周末孩子们可能来多买点，今天有烧饼吗？来四个，行了。”老齐唠唠叨叨买了不少，高高兴兴地走了。

年前老齐生了场病，肺炎，还挺严重，愈后老齐的生活习惯有了变化，在儿女的劝说下成功戒烟，“烟不离手”已如过眼云烟，那总要找点事儿做。于是老齐主动承担起每天买馒头备早点的“重任”，形象一下子从晃晃悠悠的老大爷摇身变为居家老男人，一手拎着茶水罐子，腋下夹着报纸，另一只手提着馒头……回家交差去了。

“老齐，你把‘三件宝’改了吧，我看啊，馒头、报纸和茶水才是你现在的三件宝！”小区里一块儿下棋的王大爷打趣地说。

“新三宝”的退休生活

@ 二公司员工：客户的需求就是企业不停的追求，“金鼎主食”将商机瞄准平常百姓的生活——将小食品做成大市场。

@ 建设公司王军：企业文化在培育品牌忠诚度和树立品牌形象上有着非常重要的作用，让消费者感知和认同我们的企业文化，由信赖到依赖。

@ 焦炭公司员工：“三宝”本是天津港早期生产场景的写照，在本文却以退休工人的角度重新诠释，在无限趣味中书写那份天津港情结。

浙商抱团

浙商之所以会崛起，与“抱团”有着紧密联系。在全国各地或者国外，往往会出现“浙江一条街”“温州一条街”，在那里经营的业主并不是一次性来的，往往是有人在那里赚了钱，然后他会告知同乡，让他们也来这里经营，慢慢地就形成了“一条街”。不少经济学家认为，浙江商人之间的“抱团”合作精神，是浙商的一种精神内核。那么我们经销商何不也“抱团”呢？通过强强联合、互惠互利、共同合作，产生出“原子裂变”般的效应，创造出“1+1>2”的奇迹！

一是借势。从品牌自身而言，彼此之间相互借势，大大地提高了各自的信心。

二是造势。本来是一条孤独的小船，但是联合起来却是航空母舰，一下子吸引了很多消费者的目光。为此各经销商间以合代竞，不能不说是自我救赎的一种良策。

在浙商抱团的同时，民间也流传着这样一个故事：在南极，成千成万的企鹅们选择了抱团过冬。他们选择好一个背风的坡面，紧紧挨在一起，相互用体温温暖身边的同类。站在中心的企鹅们每隔一段时间，就会自动地走出去站到团队边缘最严寒处，先站在最边缘严寒处的企鹅陆续走进群体的中心。时间一到，另一场站位的循环又将开始，生命就在这样的群体规则中延续。还是在严冬，两只刺猬走到了一起，但是没挨到第三天就都死去。它们死去的原因是，

当它们挨在一起想相互温暖对方时，却又相互提防着对方，谁都不愿意收藏起身上的防卫之刺，在严寒中死去也就成为必然……

@ 公安局王玉柱：浙商以抱团经营理念，告诉世人同行未必是冤家。

@ 传播中心马文：伸出手，抓住的是机遇的另一双手；握紧手，得到的是防备的拳头。合作方可共赢，互惠才能互利。

@ 太平洋国际吴强："单丝不成线，独木不成林"，合作抱团，才能借势造势，在激烈的竞争中步入高起点，最终实现多方共赢。

@ 公安局刘峰：企业的生存发展，离不开集体智慧和品牌效应，相互借力，相互协作，积聚力量，优势互补，必将创造出超常的竞争优势。

第三章

企业文化建设纪实

第一节　天津港企业文化发展历程

2006 年 11 月，天津港集团荣获“2006 年度全国企业文化优秀奖”。

2006 年 12 月 7—9 日，天津港集团成功举办全国企业文化（天津港）现场会，并荣获“全国企业文化示范基地”荣誉称号。

2006 年年底，天津港集团出版第一本企业文化专著《奔跑者的追求》，编写下发了《企业文化员工培训用教材》。

2007 年，天津港集团二百多名高管和部分基层单位企业文化建设骨干参加了企业文化理论和实践操作的专题培训，进一步提升了大家对企业文化建设路径的认知和把握。

2007 年 10 月，天津港集团在一公司文化园举行“文化鼎”揭幕仪式，为天津港鼎文化的传播提供了有形载体和平台。

2007 年 11 月 17 日，时任天津港集团总裁于汝民走上北京大学大讲堂，传播“发展、人本、卓越、和谐”的企业经营哲学。同时，天津港集团《文化鼎力，奔跑不息》案例入选北京大学案例库。

2007 年 12 月，天津港集团荣获“2007 年度全国交通企业文化建设优秀单位”称号。

2007年，“三足两耳”中华鼎文化体系形成，出版下发第二版《天津港企业文化手册》。

2007年12月，天津港集团在石化码头公司召开第四届企业文化论坛。

2008年10月17日，天津港博览馆正式对外开馆，成为集散中外文明的窗口。这标志着天津港集团的企业文化建设进入一个新的阶段。

2008年11月，天津港集团荣获“2008年度全国交通企业文化建设优秀单位”称号。

2009年1月，为适应世界一流大港战略需要，天津港集团制定了《天津港企业文化战略实施意见》，使企业文化建设始终能够方向明确、有章可循。

2009年2月，天津港集团荣获交通运输部授予的“首批交通文化建设示范单位”称号。

2009年4月，反映天津港集团管理思想和文化理念的《缔造优势——对话于汝民》一书正式出版发行，文化产品走向市场。

2009年9月，汇集天津港集团企业文化建设经验的《天津港企业文化案例集》正式出版。

2009年10月，集团公司下发《天津港（集团）有限公司退休员工企业文化纪念品管理办法（试行）》。

2009年12月，天津港集团再次荣获“全国企业文化示范基地”称号。

2009 年 12 月 9 日，天津港文化传播中心、天津港文化传媒有限公司成立。

2010 年，发布《天津港集团建设世界一流企业的若干意见》，明确提出加快推进企业文化改造升级，提升企业文化水平，树立良好的社会品牌形象。

2010 年 3 月，天津港集团成立天津港慈善基金，积极践行“承载社会期盼，集散中外文明”的企业使命，彰显天津港集团回馈社会、奉献爱心、共建和谐社会的责任感。

2010 年 11 月，天津港集团荣获“2010 年度全国交通运输企业文化建设优秀单位”称号。

2010 年 12 月 22 日，天津港集团举行“天津港发展模式研讨会暨《走向深蓝》首发仪式”。《走向深蓝》一书从不同的形式和视角对天津港集团发展模式进行了探讨和解读，提炼出天津港集团成功的发展模式。

2011 年 1 月，天津港集团“构建支撑世界一流企业建设的企业文化体系”课题研究正式启动。

2011 年 3 月 24 日，时任天津港集团董事长、党委书记于汝民登上清华大学“袁宝华企业管理最佳实践讲坛”，为 200 余名清华大学、北京大学、中国人民大学等高校的师生和企业界同仁作了精彩的演讲报告。

2011 年 5 月，制定《天津港十二五企业文化建设规划》。

2011 年，成立天津港集团公司文学艺术联合会。

2011 年 7 月，人民日报整版刊发了天津港集团企业文化建设经验文章——《天津港——文化助推世界一流大港》，极大地提升了天津港集团的品牌影响力。

2011 年 11 月，天津港集团荣获“2011 年度全国交通运输企业文化建设卓越单位”称号。

2012 年 4 月，天津港集团正式成立“北京大学研究生实习基地”。

2012 年 9 月，中国思想政治工作研究会、中宣部思想政治工作研究所领导专题调研天津港集团企业文化建设情况，了解天津港集团加强企业文化建设的成功做法，形成《创企业特色文化　建世界一流大港——天津港集团企业文化建设调研报告》。

2012 年 10 月，天津港集团企业文化改造提升取得阶段性成果，形成提交天津港集团高层研讨会的《天津港集团企业文化改造提升报告》，得到与会人员的普遍认同。

2012 年，天津港港歌正式确立。

2012 年 10 月，纪念天津新港重新开港 60 周年回忆录——《航程》编纂完成。

2012 年 11 月，天津港集团荣获“2012 年度全国交通运输企业文化建设卓越单位”称号。

2012 年 12 月，《创企业特色文化　建世界一流大港》刊载在中国政研会《调查与研究》期刊上，荣获 2012 年中国政研会课题研究成果一等奖。

2013 年 5 月，正式颁布新版《天津港集团企业文化理念体系》和第三版《天津港集团企业文化手册》，下发《天津港集团关于进一步深化企业文化建设的指导意见》。

2013 年 6 月，《发展港口引航程　成就个人铸港魂》荣获 2012—2013 年度全国企业文化优秀案例。

2013 年 7—8 月，天津港集团对各单位处级高管和企业文化建设骨干进行了企业文化专题轮训。

2013 年 10 月 17 日，天津港集团举办以“感知·感悟”为主题的首届企业文化日活动，并举行企业文化专刊《家园》首发式。

2013 年 11 月，天津港集团荣获“2013 年度全国交通运输企业文化建设卓越单位”称号。

2014 年 2 月，中国思想政治工作研究会、中宣部思想政治工作研究所主办的《思想政治工作研究》期刊，在《国企正能量》栏目中刊登了反映天津港集团十年来大力开展企业文化建设的文章——《奔跑者的追求》，极大地提升了天津港集团的品牌影响力。

第二节　企业文化理论集萃

加强文化建设　打造天津港核心竞争力

天津港（集团）有限公司党委书记、董事长　张丽丽

企业文化是在一定的社会历史条件下，企业在物质生产过程中形成的具有企业特色的文化概念、文化形式和行为模式，以及在此基础上所形成的与之相适应的制度和组织机构，体现了企业及其成员的价值准则、经营哲学、精神道德、行为规范、共同理念及其凝聚力。可以说，企业文化是企业管理的最高层次，是企业的灵魂和精神支柱。

一、企业文化建设所形成的宝贵经验

2002 年以来，天津港开始系统加强企业文化建设，至今已经十多个年头，企业文化建设取得了一系列重大成果。天津港逐步形成了三足两耳“鼎”文化体系，“发展港口、成就个人”的核心价值观为广大员工普遍认同，并在社会上保持了持久的影响力。

多年的系统建设，天津港企业文化日益丰富、完善，并逐步融入员工工作、学习和生活的各个层面。总结起来，天津港企业文化建设可归纳为“一个一、四个三”。

“一个一”就是企业文化建设必须始终围绕企业发展战略这一中心。无论是体系建设，还是宣贯落地，始终围绕企业战略来展开、构建。2002 年，天津港围绕“世界一流大港”战略构建企业文化体系，2010 年，天津港围绕“世界一流企业”战略改造提升企业文化体系，实现了战略与文化的高度耦合。

“四个三”即在理念体系建设上把握三个环节、在行为体系建设上突出三个重点、在制度体系建设上建立三个机制、在宣传贯彻上运用三个载体。

1. 在理念体系建设上把握体系构建、宣贯落地、完善提升这三个环节

一是把握体系构建环节。企业文化建设，首要任务之一就是构建起既体现鲜明时代特征又具有本单位特色的文化理念体系。在这一过程中，天津港广泛开展调研，充分了解公司主要领导及广大干部员工对文化理念的关切、认知和理解，使企业文化理念在构建之初就得到大家的普遍认知和认同。

二是把握宣贯落地环节。企业文化建设的最终目标是实现文化理念的认知、认同并落地。在这一环节，天津港按照“高管提升、中层强化、全员普及”的原则，广泛开展企业文化全员培训，确保文化理念为全体员工所认知和认同。同时，以《企业文化手册》、企业文化专刊《家园》等为宣传载体和阵地，以爱心传递、带薪年休

假、退休员工企业文化纪念品、免费工间餐等人文制度为依托，以《员工文明行为手册》《高管文明礼仪手册》为约束，积极推动企业文化宣贯落地，使天津港文化理念融入员工工作、生活的各个层面。

三是把握完善提升环节。时代在变化，企业所面临的社会文化环境也在不断发生变化，企业文化必须适应环境的变化进行完善提升，即企业文化必须具有先进性，符合时代潮流。

2. 在行为体系建设上突出领导带头、树立标杆、规范行为这三个重点

领导带头是关键。领导不带头，企业文化就难以有效推进。在企业文化建设之初，天津港就成立了以总裁为组长的企业文化建设领导小组，建立起“党政共同领导、行政全面负责、主管部门协调推动、职能部门分工落实”的工作机制。公司主要领导利用讲座、会议、论坛、调研等多种形式，带头宣讲加强企业文化建设的重要性和必要性，成为企业文化建设的倡导者、引领者、示范者和实践者。

标杆示范是重点。经过多年建设，天津港涌现出了一批企业文化示范单位，如石化码头、五洲国际、一公司等单位，都形成了各具自身特色的企业文化，成为各单位学习的标杆。天津港秉持“发展港口、成就个人”这一核心价值理念，大力选树先进典型，先后涌现出以全国劳动模范、全国道德模范、蓝领专家孔祥瑞，全国道德模范张丽丽，全国劳动模范、港口工程专家李伟，劳务员工的先进典型苏现凯等为代表的一大批先进典型，成为广大员工学习和赶超的标杆。

规范行为是保障。企业行为文化是规范组织架构、业务流程、员工行为等活动的制度准则。在文化理念的引领下，天津港先后编辑印发了《员工手册》《员工文明行为手册》《高管文明礼仪手册》，以此规范员工行为，使广大员工自觉倡导和践行行为规范、价值理念和道德准则，明确企业提倡什么、反对什么，知道什么该做、什么不该做，塑造天津港良好的公众形象。

3. 在制度体系建设上建立统分结合的构建机制、实用有效的评价机制、人文关怀的践行机制这三个机制

建立统分结合的构建机制。天津港的企业文化不是大一统的企业文化，而是依据各单位的行业特点和自身实际，给予一定的文化建设自主权，做到既统一又灵活运用，即在统一核心价值理念、统一企业文化日、统一标志、统一港歌四统一的大前提下，发展各具特色的企业文化，使天津港的企业文化兼修并蓄、百花齐放。

建立实用有效的评价机制。天津港没有专门就企业文化建设这一项工作进行考核，但这并不代表天津港对企业文化采取随波逐流、放任不管的态度。实际上，天津港从集团层面总体上进行统筹，将企业文化建设工作融入企业相关考核评价体系之中，如文明单位考核、思想政治工作考核、经营承包责任制、竞聘上岗制等，实用有效，有力推动了企业文化建设工作。

建立人文关怀的践行机制。天津港建立了一系列体现人文关怀的制度，如爱心传递工程、退休员工企业文化纪念品、新入职员工教育、员工职业生涯评价等，充分彰显“发展港口、成就个人”的核心价值理念，营造了家的氛围，增强了员工的归属感。

4. 在宣传贯彻上运用传统媒介、企业文化日、文体活动这三个载体

运用传统媒介和阵地进行宣传。天津港充分运用一报一台一站一刊一馆（即《天津港湾》、天津港电视台、天津港网站、《家园》、天津港博览馆）等自身资源，大力宣传企业文化。同时，加强同国内知名高校、协会及社会媒体的合作，扩大天津港的知名度和社会影响力。

运用企业文化日活动进行宣传。2013 年，天津港举办了首届企业文化日活动，开展劳模论坛、道德大讲堂、微电影展示、期刊首发式、参观交流等系列活动，搭建起企业文化交流和展示的平台，加强集团内各单位的横向沟通与交流。

运用员工日常文体活动进行宣传。企业文化是企业家倡导的全员文化，需要全体员工共同参与并创造。为此，天津港十分注重在日常文体活动中宣传企业文化。比如，在员工运动会、艺术节、庆祝大会的开闭幕式中演奏港歌，增强员工的爱港意识；采取评剧、快板、相声等员工喜闻乐见的艺术形式，讴歌天津港的建设者；开展读书交流、周末沙龙活动，在学习和互动交流中感知感悟文化的真谛。

二、持续深化企业文化建设，打造天津港核心竞争力

企业文化是推进企业战略实施的重要支撑，是提升企业核心竞争力的重要保证，是增强企业凝聚力、构建和谐社会的重要基础，是企业发展的动力之源、活力之本、制胜之策。天津港在推进世界

一流企业发展战略的过程中，必须以企业文化为引领，打造企业核心竞争力，为企业发展赢得先机。

1. 加强文化建设，构建支撑世界一流企业的思想基础

“建设世界一流企业”是一个长期、动态的目标，需要天津港人共同去努力奋斗。企业战略目标要具有长期稳定性，就必须统一全体员工的思想认识，使战略目标深深植根于全体员工的心灵中，成为全体员工的共同愿望和统一意志。

如何形成统一的思想基础，使世界一流企业战略成为全体员工的共同愿望，充分调动员工的积极性和创造性，是天津港开展企业文化建设的核心任务之一。一直以来，天津港把企业的发展目标和员工的切身利益紧密地结合在一起，始终坚持“发展港口、成就个人”的核心价值理念，实现了企业发展和员工发展的高度耦合，形成了天津港长期稳定发展的不竭动力。“发展港口”就是要逐步把天津港建设成为世界一流企业，不断做大做强天津港；“成就个人”就是在企业不断发展的同时，为员工搭建施展才华、实现抱负的平台。只有这样，才能极大地激发员工投身建设世界一流大港的伟大实践中来，从而为实现天津港的发展目标提供动力源泉。

2. 加强文化建设，构建支撑世界一流企业的管理体系

一个企业，特别是一个现代化、国际化的企业，没有有效的、富有活力的制度和机制作为保证，就难以保持持续快速的发展。天津港要通过企业文化建设，把企业所倡导的价值理念渗透到每一项规章制度、政策及工作规范和行为准则中，使员工无论做什么工作、参与什么活动都能感受到企业文化的引导和控制作用，

形成激励和约束机制。通过文化的渗透管理，使企业文化与企业发展战略、市场营销及专业管理有机结合，与管理制度深度融合，实现制度与文化理念的协调一致，使员工既有价值观的导向，又有制度化的规范。

要结合形势发展的需要，进一步完善责任制体系，使各级人员明确自己的责任，实现权责分明，权责匹配；坚持以绩效为导向，进一步完善激励和约束机制，鼓励和支持追求卓越，对绩效优异的组织和个人予以激励。在建设世界一流企业的过程中，天津港要不断地建立健全一整套的制度文化，使各项工作进一步有序化、规范化。

3. 加强文化建设，构建支撑世界一流企业的高素质团队

企业的竞争最终体现在人才的竞争。天津港要通过企业文化建设，在内部营造尊重劳动、尊重知识、尊重人才、尊重创造，鼓励人们干事业、支持人们干成事业的文化氛围，努力打造一支敢打硬仗、善打胜仗的高素质团队。通过企业文化建设，用共同的愿景凝聚人，用企业精神鼓舞人，完善用人机制，做到人尽其才、人适其岗，形成人才辈出的良好格局。只有构筑起企业文化的高地，才能建立企业的人才高地，高素质的人才只能靠高尚的企业文化才能留住。天津港要构建一支包括高级经营管理者和各类专业人才、科技人才、高级技术工人组成的高素质团队。这是建设世界一流企业的人才保证。

先进典型是一面旗帜，是企业的品牌形象，他们的一言一行、一举一动都体现了企业的价值理念，对企业文化的形成和强化起到

关键作用，是员工心目中崇敬的偶像和榜样。天津港要大力培育新时期的先进典型，形成一批以蓝领专家、全国劳动模范孔祥瑞为代表的先进人物品牌，充分发挥先进典型的引领和示范作用，最大限度地激发团队的创造力和战斗力。

4. 加强文化建设，构建支撑世界一流企业的品牌影响力

企业文化建设是增强企业内部凝聚力、打造外部影响力的重要途径。天津港建设世界一流企业，需要一个和谐的内部环境。要形成思想统一，步调一致的团队精神，形成内部和谐相处的文化氛围。这是干成事业的内部基础。天津港要通过企业文化建设，使广大员工协调一致地生活在一个大家庭中，大家相互关爱，心往一处想，劲往一处使，形成强大的内部合力，使天津港无往而不胜。

品牌是企业的无形资产，经营品牌是企业经营中比较高的层次。天津港在建设世界一流企业的过程中，必须树立起天津港的品牌，发挥品牌效应，扩大天津港的对外影响。天津港经过十多年系统的企业文化建设，以“发展港口、成就个人”为核心价值理念的“鼎”文化已经在国内具备了一定的影响力。下一步，天津港要巩固好现有的文化建设成果，进一步加强对外文化交流与合作，积极利用国内高端平台展示天津港的企业文化，努力打造天津港这一品牌形象，形成强势的社会影响力和市场渗透力。

天津港的企业文化是与人为善的企业文化，是大家和平共处的企业文化，是多赢的企业文化。要通过企业文化建设，为天津港的发展创造和谐的内外部环境。

以文化为引领　提升企业管理水平

天津港（集团）有限公司总裁　郑庆跃

企业文化是企业发展的灵魂，是企业重要的“软实力”，是企业重要的精神资产，指导着企业的运行方式，在企业发展的过程中潜移默化地发挥着巨大的力量。企业的长远发展离不开优秀的企业文化，构筑优秀的企业文化已经成为成功企业的不懈追求。

一、开展企业文化建设的重要意义

1. 企业文化是天津港集团实现可持续发展的强大动力

文化具有较强的传承性和延续性，在国家、民族、社会以及企业的发展中发挥着巨大的力量。对于企业而言，更需要通过企业文化建设来保持长期健康可持续发展。把企业做大做强需要抓好生产、经营、建设等方面的管理工作，把企业做长做久还必须要抓好企业文化的建设，充分发挥企业精神、经营理念等文化软实力的重要作用。天津港集团要建设世界一流企业，实现基业常青，就必须要树立先进、科学、具有自身特色的企业愿景、价值观和经营理念，并以此推动天津港发展战略的实现，推动天津港实现稳定健康可持续发展。

2. 企业文化是天津港构建核心竞争力的重要手段

天津港在建设世界一流企业的征程中，面临着日益激烈的市场竞争和复杂多变的外部环境。为应对来自各方面的压力和挑战，开

创港口发展的新局面，必须不断强化和提高企业核心竞争力，而企业文化建设就是形成这种独特能力的有效手段之一。通过企业文化的建设、完善和提升，可以对企业干部员工产生强烈、深刻的正面影响和导向作用，对内加强管理，对外提升服务，对企业的发展产生强大的凝聚力和驱动力。这种文化的力量是企业核心竞争力的重要体现。

3. 企业文化有利于提升集团公司的管理水平

企业在运用科学的制度和严格的管理来保障组织运行效率的同时，在执行管理的过程中也需要运用企业文化的力量。通过企业文化潜移默化的影响和引导作用，营造和谐的管理氛围，使员工主动提高工作的自觉性和自我约束力，从而提高管理效率，提升管理水平。

4. 企业文化是加强人才队伍建设的必要条件

人才是天津港建设世界一流企业的第一资源，也是企业文化落地生根的重要载体，构建先进的企业文化体系对于人才队伍的建设与管理具有积极的促进作用，对于员工起到导向、凝聚、激励、约束作用。首先，优秀的企业文化能够塑造共同的理想信念、明确的价值指向、高尚的道德境界，在企业文化的带动和引领下，员工会有积极的工作态度、踏实的工作作风，以及爱岗敬业、团结协作的精神。其次，企业文化可以增加员工对企业的认同感，提升员工的忠诚度，给企业发展带来强大的凝聚力和战斗力。最后，良好的企业文化对员工有激励作用，能够使员工处于奋发向上的精神状态，鼓励员工在工作中奋发进取，勇攀高峰。

二、企业文化建设面临的形势

2010年，天津港集团提出了建设世界一流企业的战略目标，企业发展步入新的发展阶段，企业文化建设面临着新的形势。

1. 我国社会主义文化大发展大繁荣的发展趋势，对天津港集团企业文化建设提出了新的更高要求

党的十七届六中全会做出了《关于深化文化体制改革推动社会主义文化大发展大繁荣若干重大问题的决定》，党的十八大进一步明确了建设社会主义文化强国的宏伟目标。天津市委主要领导对天津港集团进一步深化企业文化建设寄予殷切期望。这些重大任务和战略举措的提出，充分显示出党中央和天津市委进一步适应人民不断增长的物质文化需求的信心和决心。作为国有大型企业，我们必须按照国家建设社会主义文化强国、不断增强全民族文化创造活力的总体要求，不断完善企业文化体系建设，全面提高员工道德素质，进一步丰富员工精神文化生活，努力构建和谐企业，进而增强天津港集团企业文化整体实力和竞争力。

2. 建设世界一流企业战略的提出，对天津港集团企业文化建设提出了新的更高要求

世界一流企业是指在企业营业收入、品牌价值、经营结果等各方面均处于世界前列的著名企业。天津港集团将世界一流企业目标定位为“五强五优”，即资源配置能力强、商业创新能力强、国际运营能力强、风险管控能力强、人才队伍素质强，产业结构优、经营业绩优、体制机制优、企业文化优、社会形象优，在服务带动天津

及区域经济发展，全面参与国际资源配置中发挥更大作用。伴随着世界一流企业战略的推进和多元化产业的发展需求，天津港集团现有的企业文化已不能完全适应企业战略的发展，企业的竞争、创新、协作、包容等文化要素体现得还不充分；人才理念、体制机制等方面还有很多不相适应的地方。在实施世界一流企业战略的大背景下，要想更好地发挥企业文化的引领作用，必须拓宽思路、开阔眼界，使企业文化始终能够为天津港集团的未来发展提供强有力的支撑。

3. 天津港集团品牌影响力的日益提升，对天津港集团企业文化建设提出了新的更高要求

全国文明单位、全国和谐企业、首批全国交通文化建设示范单位、全国企业文化示范基地等国家级荣誉的获得，北京大学研究生实习基地在天津港集团的挂牌，都充分彰显了天津港集团日益增强的核心竞争力和品牌影响力。但同时，天津港集团企业文化在国际化、竞争力、对外影响力和辐射力等方面还存在一定的差距。随着形势的发展和企业自身发展的需要，天津港集团必须进一步深化企业文化建设，逐步融入国际化、现代化文化理念，使企业文化始终引领企业发展方向，不断扩大天津港集团企业文化在国际、国内的影响力。同时还需要积极推进文化产业发展，努力将文化力转化为生产力，并使其成为新的经济增长点，为天津港集团持续稳定较快发展做出应有贡献。

天津港集团正处于一个转型的关键时期，步入了新的发展阶段，国内外宏观形势和环境的变化，必然要求通过企业文化的引

领，逐步转变员工的思想观念和行为方式，提升员工的综合素质，以共同的愿景凝心聚力，确保全员理念与行为的一致，进而为实现企业的长远发展目标奠定思想基础。加强企业文化建设，是天津港集团战略转型、深化改革、加快发展、提升企业竞争力的迫切需要；是建设高素质员工队伍、促进员工全面发展的必然选择；是企业深化管理创新、增强凝聚力的战略举措。必须充分认识新时期深化企业文化建设的重要意义，进一步增强企业文化建设的自觉性、主动性和责任感，努力实现天津港集团企业文化建设的规范化、制度化和科学化，推动企业文化建设再上新水平。

三、稳步推进企业文化落地工程

1. 以“知人善任、科学规范、绩效卓越”的管理理念为指导，逐步夯实集团各项管理制度

建设世界一流企业，需要一流的人才队伍。要把人才发展摆在更加突出的首要位置，充分发挥人才在企业发展中的基础性、战略性和决定性作用，着力构建人才竞争优势，以人才队伍素质的提升来构筑企业的核心竞争力。努力打造一支素质硬、能力强、作风优的干部员工队伍，为集团公司各项事业的发展提供人才保证。

一是要完善人才管理机制。要深化企业内部管理人员能上能下、员工能进能出、收入能增能减的制度改革。今后天津港要完善人才引进机制，促进集团公司内部人才交流，建立更加市场化的用人制

度、更加科学化的选拔机制、更加规范化的考评体系，做到人尽其才，充分发挥每一名员工的潜力和主观能动作用。

二是要搭建人才发展的平台。要充分调动广大干部员工的工作热情和积极性，打通各类人才职业发展通道，激发员工为企业创造价值的动力。给想干事的人以机会、给能干事的人以舞台、给干成事的人以激励，形成各类人才不断涌现、竞相发展的良好局面。

三是加强人才规划和培养，提高人才队伍综合素质。要从集团公司发展战略的高度，结合各产业发展需求，提升人才发展规划，明确各类人才发展的目标、战略重点和战略举措。加强人才培育工作，建立多渠道、多途径的发展模式，打造多层次、复合型的人才体系。

四是改革并强化绩效考核制度。进一步完善经营责任制考核，加强预算管理及相关配套制度，强化对收入、利润等经济指标的考核，引导企业负责人把发展的目标聚焦到提高经济效益上来。完善市场化分类考核激励机制。建立具备行业特点的考核指标体系，深化薪酬分配制度改革，实行新行业新模式、新企业新机制。进一步完善员工收入与企业利润挂钩的机制，处理好企业、领导班子、员工的收入分配关系。加强对企业经营管理者的考核，完善经营责任制，加大奖惩力度，建立起更加公开透明、公平公正、制度化科学化的考核机制，通过改革激发企业经营者的潜能，充分调动经营者的积极性，提高企业效益。

2. 以“诚信为本、功能制胜、互利共赢”经营理念为方针，不断创新集团的赢利模式

创新是企业发展的永恒动力，是激发企业活力、提高经济效益的有效途径。天津港要以市场为前提，以能力和服务为保障，推动港口吞吐量的平稳较快增长，进一步巩固和提升天津港在国内外港口中的领先地位。

一是提高市场开发和对外服务能力。一切工作要以客户为中心，进一步开拓市场，研究有效的竞争策略，着力提高各类业务的市场份额。继续强化服务意识，推进服务标准、服务能力、服务功能、服务质量上台阶。要创新服务理念，构建差异化服务模式，加大交叉腹地货源的开发力度，推动口岸服务环境更加便捷、高效，进一步形成腹地货源向天津港集中的洼地。

二是提高服务水平。进一步完善落实港口发展规划，加强港口开发建设，为集团公司的可持续发展提供有力保证。要在《天津港总体规划（修编）》的框架下，进一步细化、完善和提升各港区专项规划，优化港口空间布局、功能布局和产业布局。进一步完善铁路公路集疏运体系。

三是创新服务模式，改进传统的业务办理方法，搭建电子商务系统，建设网上物流服务平台，利用现代化、信息化的手段提高生产作业效率，提高服务质量。要加强市场分析，利用“大数据”管理的优势，有针对性地深入研究客户需求，制定科学有效的措施，提升服务水平。

四是不断完善港口功能。要充分发挥天津港综合性港口的优势，

大力开展仓储、物流、保税业务、分拨配送、贸易、金融、加工制造等增值服务。不断完善东疆港区的城市载体功能，发展邮轮游艇、免税购物、休闲娱乐、度假观光等综合配套服务。积极争取东疆向自由贸易区转型，推进北方国际航运中心核心功能区“八大功能”的落地。

3. 进一步加强天津港集团企业文化与企业管理制度的对接

企业文化建设是推动企业管理的一种有效手段，其重要目的之一就是促进企业的现代化管理。天津港集团要在企业文化核心理念的统领下，对现有制度体系进行梳理，不断优化适应企业现代化管理要求的规章制度、工作规范和行为准则。在现有的爱心传递工程、免费工间餐、退休员工纪念品等制度的基础上，再形成一批体现人文关怀的管理制度，促使文化理念逐渐渗透到管理之中，实现制度与文化的对接统一、深度融合。要积极探索培育新的文化建设模式，实现文化的良性运转，进而促进企业经营管理不断优化，管理绩效不断提升。

企业文化建设的根本目的，就是要实现企业文化落地，逐步完成从文化建设向文化管理的过渡。文化管理重在“管理”，重践行轻口号。“以人为本”是文化管理的精髓与灵魂。文化管理也是天津港集团今后一个时期企业文化建设的一个重要切入点，必须下大力气认真研究实现文化管理的具体路径和有效载体，以此推动现代企业制度建设，使天津港集团企业文化核心理念全面融入到企业经营管理的全过程，最终实现企业文化核心理念体现在企业管理制度中，体现在经营实践中，体现在员工行为上，体现在天津港集团整体形象上。

发挥企业文化引领作用　推动世界一流企业建设

天津港（集团）有限公司党委副书记　王存杰

“人管人，累死人；制度管人，管死人；文化管人，管住魂。”这句话大致概括了企业管理的三个不同发展阶段：经验管理、科学管理、文化管理。由此可见，文化管理是管理的最高层次。

天津港通过多年的实践，深刻体会到优秀企业文化是先进文化的重要组成部分，是企业发展的动力之源、活力之本、制胜之策。近两年，按照建设世界一流企业战略发展要求，天津港对企业文化进行了系统改造提升，构建起“4+2”企业文化理念新体系，为建设世界一流企业提供了强大的精神动力和文化支撑。在新的发展阶段，不断深化企业文化建设，积极发挥企业文化的作用，是推动天津港世界一流企业建设的重要保证。

一、天津港企业文化建设历程简要回顾

2002年下半年，天津港把加强企业文化建设作为加快港口发展的战略之举，拉开了全面系统开展企业文化建设的序幕。从此，4万名员工携手创造了天津港发展史上一个又一个奇迹，铸就了天津港跨越式发展史上一个又一个新的辉煌，注入了一个又一个新的文化元素。

第一阶段是2002—2004年的体系初建期。这一时期突出的标志就是明确提出了独具特色、为广大员工所普遍接受的企业核心价值

观——“发展港口、成就个人”。建立健全了领导体制和工作机制，成立了由主要领导和职能部室负责人组成的企业文化建设领导小组及办公室，对企业文化建设作出中长期规划，全面推进文化战略实施。发布了以“发展港口、成就个人”为核心的企业文化理念识别系统，形成了《职业道德规范》《文明礼仪守则》等文件为指导的行为识别系统，依据企业名称、标志、标准字等视觉特征，编制了视觉识别系统手册。经过这一阶段的发展，天津港的企业文化建设开创了由不自觉到自觉、由不系统到系统、由上层推动到集团与基层联合推动的企业文化建设新局面，基本确立了“三大目标”“四项基本要素”和“十大理念”为基本内容的天津港企业文化构架体系。

第二阶段是2005—2007年的培育宣贯期。这一时期突出的标志就是在广泛借鉴国内外先进经验的同时，根据现代企业制度要求，紧密围绕“一个家庭、一支军队、一所学校”的企业文化建设三大目标，不断完善“发展港口、成就个人”核心价值观的内涵与外延，全面构建起具有天津港特色的“中华鼎”企业文化体系。编印下发了《天津港企业文化手册》，修订编发了《员工手册》，全面开展培训，使天津港的企业文化在全体员工心中扎根。出版了企业文化专著《奔跑者的追求》等一批企业文化专著。天津港被评为“全国企业文化示范基地”，并先后获得诸多奖项与荣誉，树立了以全国劳动模范孔祥瑞为代表的先进典型，使天津港的知名度和美誉度进一步提升，为下一步开展文化和品牌输出奠定了良好基础。

第三阶段是2008—2012年的文化传播期。这一时期突出的标志就是“发展、人本、卓越、和谐”的企业哲学全方位融入企业发展的各个方面，使天津港综合实力得到进一步增强。与此同时，“发展港口、成就个人”这一核心价值理念得到员工和社会的广泛认同，天津港领导同志和先进个人屡获国家级和省部级荣誉，进一步提升了天津港的对外影响力。出版了《缔造优势》《天津港企业文化案例集》《走向深蓝》《潮涌津沽》等一批企业文化专著书籍，在社会各界引起了广泛关注。天津港博览馆成为国内规模最大的港口博览馆，吸引了行业内外的多家企业到天津港考察交流。“发展、人本、卓越、和谐”的企业哲学走进北大和清华校园，企业文化案例被收入《北京大学案例库》。成为全国港口行业第一家“全国企业文化示范基地”，建立了“北京大学研究生实习基地”。天津港文化品牌叫响全国。

二、企业文化在世界一流大港建设中发挥了重要作用

1. 企业文化是推进企业战略实施的重要支撑

天津港在 2003 年提出建设世界一流大港战略目标之初，即把大力加强企业文化建设纳入整体战略之中，提出了“世界一流大港、员工快乐之家”的企业愿景，逐步建立起以“家庭、军队、学校”三大目标为三足、以“发展港口、成就个人”为两耳的“中华鼎”文化体系，打造员工认同并积极践行的共同价值理念，以文化引领企业发展，有力地促进了企业战略的深入推进，到 2010 年年底建设世界一流大港战略基本实现。

2. 企业文化是提升企业核心竞争力的重要保证

如果说资金、设备和产品是企业的硬实力，那么管理、人才和

文化就是企业的软实力，即企业的核心竞争力。俗话说，三流企业靠产品，二流企业靠服务，一流企业靠文化。通过企业文化建设，打造优秀企业文化，塑造一流的文化品牌和服务优势，从而使企业在激烈的市场竞争中逐步形成独具特色、难以模仿的核心竞争力。

近年来，天津港以企业文化为先导，突破传统思想观念桎梏，更新人才观念，改进管理理念。大力推进人才引进“十百千”工程，打造出一支技术精湛、业务精良的高素质人才团队。同时不断深化体制机制改革，建立并完善了扁、平、快的企业管理架构，向管理要效率，向管理要效益。

文化的繁荣、人才的优化、管理的提升，使港口发展质量逐年提升，企业核心竞争力不断增强。天津港货物吞吐量由2001年的1亿吨增长到现在的近5亿吨，港口吞吐量排名由世界排名第11位上升到现在的第4位，成为世界等级最高的人工深水大港。

3. 企业文化是增强企业凝聚力、构建和谐社会的重要基础

文化是一种力量，文化是一种追求，文化是一种氛围，文化是一种责任。企业文化对内可以增强企业的凝聚力，形成和谐向上的文化氛围；同时通过企业社会责任担当，彰显企业的社会责任，创造和谐的外部环境，为构建和谐社会作出积极贡献。

天津港在发展过程中，始终坚持“发展港口、成就个人”的核心价值理念，实现企业与员工的共同发展。近几年，天津港先后推出劳动用工制度、免费工间餐、“爱心传递工程”、劳务员工管理“四个一样”等多项制度，不断改善员工的工作条件、提高福利待遇，使员工共享港口改革发展的成果。天津港积极搭建员工成长和

展示的平台，先后涌现出孔祥瑞、张丽丽、李伟、苏现凯等一大批先进典型群体，极大地增强了企业凝聚力和员工自豪感。

天津港始终坚持满足客户需求，主动承担社会责任，使港口的发展惠及各利益相关方。通过港口功能开发，建立内陆无水港和区域营销中心，开通亚欧大陆桥，更好地服务天津以及“三北”地区的发展。通过建设生态港口，实施“北煤南移”工程，推进“节能减排”工作，实现人与自然和谐相处。通过向社会捐款，举办音乐会，成立社会慈善基金等，彰显“承载社会期盼、集散中外文明”的企业使命。

三、深化企业文化建设，为构建世界一流企业保驾护航

在新的发展阶段，如何推进天津港企业文化建设，抓好文化理念融入企业经营管理，努力打造各具特色的企业文化，是天津港今后一段时期的重要任务。在企业文化建设过程中，必须进一步增强学习企业文化的主动性，结合本单位实际，大胆探索，勇于实践，积极推进本单位、本系统企业文化建设，充分体现文化的包容性，注重工作的实效性，保持载体的丰富性，在天津港营造出良好的文化氛围，为建设世界一流企业保驾护航。

1. 增强学习的主动性，深刻领会天津港企业文化内涵

世界上任何事物，都有一个逐步认识的过程。对企业文化理念的认识也不例外，同样需要一个不断深化认识的过程。新版企业文化理念体系，既提出了新的理念，又有原有理念的继承与发展。必须增强主动性，系统学习，深入思考，厘清各理念之间的逻辑关系，深刻领会企业文化的内涵和实质，确保企业文化理念入脑、入心，

逐步将集团所倡导的理念转化为我们的自觉行动。天津港的中层领导干部，既是企业文化的践行者和示范者，同时也是企业文化的领导者和推动者。只有中层领导干部首先把企业文化弄懂弄通，才能通过言传身教和身体力行，不断地向员工传播企业文化，使企业文化在全员中产生共鸣；只有中层领导干部真正学会弄懂，熟练掌握，成为企业文化建设的行家里手，才能更好地指导、推动本单位、本系统的企业文化建设工作。

要始终坚持以人为本、文化育人的宗旨，加大本单位、本系统企业文化的宣传教育力度，用企业愿景和使命凝聚人，用企业精神鼓舞人，逐步把“发展港口、成就个人”的核心价值观缔造为员工的共同价值观，使员工的个人价值追求和企业愿景高度融合，进一步增强企业的凝聚力和向心力，增强员工的责任感、使命感和自豪感，把员工的智慧和力量凝聚到企业的改革和发展中来，推动天津港世界一流企业愿景的早日实现。

2. 体现文化的包容性，努力打造各具特色的企业文化

企业文化只有兼收并蓄，博采众长，认同和尊重文化的差异性和包容性，才能始终保持蓬勃的生机与活力。当前，随着天津港股权的多元化和员工队伍来源的多样化，来自不同国家、不同行业的企业成为天津港的合作伙伴，不同地域和背景的员工成为企业的成员，带来了一些先进的文化基因。要有海纳百川的胸襟，充分吸收、融合和借鉴这些外来先进文化基因，不断丰富天津港企业文化的多元性，让各种优秀文化基因在天津港得到传播，让各类创新思想和创新智慧在天津港得到绽放。各单位要在全面领会天津港企业文化

内涵的基础上，深入思考，积极谋划，认真总结提炼具有本单位特色的文化理念，并主动吸收、融合外来先进文化基因，充分体现文化的包容性，不断发展和创新本单位企业文化，逐步形成既具天津港共性特征又具自身鲜明个性特点的企业文化。

3. 注重工作的实效性，扎实推动企业文化融入经营管理

企业的兴衰在于管理，管理的活力来自文化。企业文化要重实践、重特色、重实效，不能把企业文化做成“墙上文化”“纸上文化”，必须结合本单位实际，积极践行企业核心价值理念，逐步将文化理念融入企业经营管理各个层面，贯穿于企业管理全过程，确保企业文化落到实处，取得实实在在的效果。

在新版企业文化理念体系中，新增加了应用理念体系，其目的在于把企业文化体现到具体的制度规范和管理流程，固化于制，实现企业文化与管理制度深度融合，并通过制度来确保文化理念的落实。“知人善任、科学规范、绩效卓越”的管理理念，如何在企业管理过程中体现出来，相应地，应建立起什么样的人才机制、绩效机制和激励机制？这些问题需要认真去思考，并在今后的工作中逐步加以梳理和完善。要通过企业文化建设，不断优化企业的经营管理环境，逐步提高员工队伍素质，始终保持企业的凝聚力和向心力，打造企业核心竞争力。

4. 保持载体的丰富性，永葆企业文化的旺盛生命力

企业文化看不见、摸不着，它存在于我们的意识深处，是全体员工的共同信念和价值追求。企业文化如同空气，只有通过合适的文化制度和活动载体，让员工参与进来，亲身体验，才能感知文化

的存在，感受文化的魅力。

在制度设计上，天津港现有的爱心传递工程、免费工间餐、退休员工纪念品等制度，是企业文化制度建设方面的有益尝试，今后还要大胆探索，再形成一批体现人文关怀的管理制度，充分体现天津港“发展港口、成就个人”的核心价值理念，进一步丰富员工的精神文化生活，让员工感受到天津港这个大家庭的温馨与和谐，不断增强企业文化的吸引力。

在载体建设上，近几年持续开展了周末沙龙、读书活动和“三个一”活动等，既开阔了大家的视野、增长了知识，同时也引起了大家对相关问题的深入思考，取得了较好的效果。从 2013 年开始，天津港围绕 10 月 17 日企业文化日，开展内容丰富、形式多样的企业文化活动，交流企业文化建设经验，展示企业文化建设优秀成果，促进天津港企业文化繁荣与发展。各单位、各系统也要结合自身实际，主动谋划，不断创新工作载体，丰富活动形式，始终保持企业文化活动载体的丰富性，永葆企业文化的旺盛生命力，让主流文化得以传播，让员工关切得到响应，让组织关怀得以体现。

特色企业文化发展之路

——2012年天津港工作高层研讨会讲话节选

天津港（集团）有限公司原党委书记、董事长　于汝民

被《财富》杂志列为世界500强的大公司，堪称全球竞争力最强的企业。然而，1980年的全球500强，到20世纪90年代已有三分之一出局，到20世纪末则所剩无几。而10年前进入世界500强的企业，现在也已经有三分之一销声匿迹了。我们不禁要问：为什么？

这一变化，固然反映了近30年来全球新科技、新经济的迅猛发展淘汰传统产业的大趋势。而我们研究那些还处在500强之列的企业时可以发现，仍有大量诸如麦当劳之类的再传统不过的企业不断地发展壮大，它们的发展不仅仅是靠资本、技术、人才支撑的，更是靠持之以恒、一以贯之的企业信念、价值观塑造的企业文化，进而形成核心竞争力来支撑企业的长久发展。由此可见企业文化的重要性。

天津港的企业文化建设从自发到自觉、从零散到系统，至今已经走过了整整十年，取得了显著的成绩，也形成了一些宝贵的经验。

一、10年来企业文化建设成效显著、硕果累累

天津港特色企业文化建设活动的探索与实践逐步渗透到生产经营、人才培育、改革创新等各个环节，有力地调动了全港的智慧和力量，营造了良好的发展氛围，推动了各项工作全面上水平，成为天津港快速、持续、健康发展的强大保障。

一是“发展港口、成就个人”的核心价值观深入人心，得到广泛认可。港口规模的扩大，产业链的不断延伸，提供了更多的就业机会，为员工创造了更多施展才华的舞台。大家普遍认为，成就个人是发展港口的原动力，将个人的追求融入天津港事业发展之中是成就个人的最好选择。我们的核心价值观还得到了社会各界的普遍认同。集团公司先后荣获全国文明单位、全国和谐企业、全国交通企业文化建设优秀单位、首批全国交通文化建设示范单位，连续两届入选全国企业文化示范基地。

二是企业实力得到进一步增强，员工生活极大改善。2011 年年末，集团总资产达到900 亿元，比 10 年前增加了 6. 7 倍；实现营业收入221 亿元，比10 年前增长了6. 1 倍；实现年增加值73 亿元，比 10 年前增长了3. 5 倍，连续11 年入选中国500 强企业。2011 年，员工人均年收入比 10 年前增长了 2. 8 倍，逐步建立了爱心传递工程、企业年金、休（疗）养、带薪年休假、退休员工企业文化纪念品、免费工间餐等制度，员工福利体系进一步加强。在岗员工中近半数新购置了商品房，近三分之一新购置了私家车；劳务员工中，2548 人新购置了商品房，2151 人新购置了私家车。10 年来共帮扶困难职工 12236 人次，投入资金近600 万元。

三是在文化支撑下，建设世界一流大港战略目标得以顺利实现，建设世界一流企业战略成为全港新的共识。我们历来高度重视企业文化对战略目标的支撑作用，特别是在重大事项的决策和实施过程中坚持以企业文化核心价值理念作为衡量的标准，保证了各项工作同战略目标的高度一致。在基本完成建设世界一流大港战略目标之后，追求卓越的企业文化基因又引领着我们抢抓机遇、乘势而上，在开辟建设世界一流企业的道路上继续前进。

四是围绕着“一个家庭、一支军队、一所学校”的企业文化建设三大目标，一大批想干事、会干事、能干成事的干部和专业人才快速成长起来。我们在人才培养、干部选用、绩效管理等诸多方面进行了改革，形成了企业文化与人才管理的全面对接，卓有成效地推动了员工队伍整体素质的提升。10 年间提拔聘任副处级以上干部 370 人，其中具有研究生以上学历的处级干部占比达到 34.9%，取得高级以上职称的处级干部占比达到 57.6%，40 岁以下处级干部占比达到 14.4%，领导干部队伍进一步知识化、年轻化。在岗员工中拥有大学本科以上学历 5241 人，比 10 年前增长了 2.7 倍，拥有 4 名博士后，16 名博士，437 名硕士。10 年累计投入科研经费 17.75 亿元，完成科研项目 4783 项，获国家授权专利 330 项，设立了博士后工作站和国家级企业技术中心。10 年间累计投入培训经费 2.44 亿元，安排 700 余名干部到高等院校学习，派遣 90 名干部赴国外进修，全港有 625 人拥有高级以上职称，比 10 年前增长了 61.5%。

五是“服务是生命、满意是追求”的服务理念进一步深化。这是我们多年来坚持“优质服务是天津港生存和发展的生命线”的延续和延伸，通过“让您满意在天津港”主题活动的开展，连续 23 年持续改进服务质量，积极践行了“服务是生命、满意是追求”的服务理念，向客户叫响了“效率、质量、卓越”的诚信品牌。根据尼尔森公司 2011 年最新的客户满意度调研报告，天津港的总体客户满意度指数由 2006 年的 69 上升到 2011 年的 73，高于全球公营企

业（也叫政府企业，是各国政府直接或间接控制经营的企业）71的平均值，处于领先水平。

六是“市场为导向、功能占先机”的市场理念成为全港上下的共识。我们始终坚持以具有竞争优势的完备功能引导市场需求，赢得更多的客户群体，占领更大的市场份额。全面加强了同全球著名航运企业与跨国公司的合资合作，10 年来共新成立 41 家合资企业，合同利用内外资额分别达到 106.3 亿元人民币和 11.6 亿美元。航线辐射世界 180 多个国家和地区的 500 多个港口，每年接待国际运输船舶达 7900 余艘次。按照建设北方国际航运中心核心功能区的要求，积极探索东疆保税港区发展新模式，着力拓展八大功能。目前已建成 22 个内陆无水港，初步构建了覆盖腹地的现代物流网络体系。

七是忠实履行“承载社会期盼、集散中外文明”的企业使命，勇于承担社会责任，得到了广泛认可。2010 年，天津港每万吨吞吐量拉动就业 12 个岗位，贡献增加值 206 万元。在吞吐量迈上亿吨台阶以及其他重大纪念日，天津港坚持不搞庆典活动，而是代之以爱心捐助的形式，同时举办高水平的文艺演出来答谢社会各界的支持。我们连年开展回报社会的爱心捐助活动，10 年来共向社会捐款捐物累计折合达 3740 万元，建立了 2 所希望小学、4 间爱心厨房，开展向汶川地震灾区捐款和派遣医疗队、为 SOS 儿童村献爱心、成立解困基金等社会公益活动，向社会公众塑造了“主动、承担、关爱”的责任品牌。我们的上市公司每年在国内率先发布社会责任报告，对于促进公众及投资者了解上市公司社会贡献情况、倡导社会责任价值投资起到了积极作用。我们不惜投入巨大的资金和宝贵的岸线资源，在东疆港区建设人工沙滩，为广大市民提供亲水场所。我们的优秀团员青年自愿担任志愿者，为市里的很多大型公益活动奉献一份力量。我们还涌现出一大批道德模范人物，为全市的精神文明建设作出了贡献。

八是港区环境持续绿化美化，“建设生态港口、共享碧海蓝天”的环保理念得到充分体现。坚持全面、协调、可持续的科学发展观，正确处理港口发展与生态环境保护的关系，发展而不破坏环境，以发展不断促进环境的改善。10 年间累计投入资金 158 亿元，完成了包括“北煤南移”工程在内的 32 项重点建设工程，基本实现了集装箱作业“零排放”的清洁生产，大宗散货装卸过程中产生的扬尘污染得到了有效控制，港区绿地面积达到 539 万平方米，比 10 年前增长了 20 倍，覆盖率达到 13.7%，港口万元增加值能耗较 10 年前下降 39%，东疆东部综合配套区成为了京津地区一道亮丽的风景线，为天津建设生态宜居城市作出了积极贡献。

10 年来，通过企业文化建设，以“发展港口、成就个人”为核心价值观的企业文化理念得到了广大员工的理解和认同，并开始与文化品牌建设有机结合、传承创新，逐步形成了以文化理念、企业故事、特色载体、制度文化和文化品牌为主要内容的文化体系，为“鼎”文化的落地转化奠定了良好的基础。10 年来，在“世界一流大港，员工快乐之家”的愿景指引下，企业文化作为一股强大的精神力量积极推动天津港的快速跨越，凝结成了天津港特色发展模式，激励着天津港人开拓创新、拼搏进取、勇往直前，实现了世界一流

大港的战略目标，从精神支撑到文化制胜，我们走出了一条以文化力提升品牌影响力、进而提升企业竞争力的文化制胜之路。这个辉煌的历程，值得所有天津港人共同铭记。

二、企业文化建设所形成的宝贵经验是对下一步工作的有力指导

回顾过去是为了更好地指导未来的发展，我们在多年来的企业文化建设实践中，不断学习借鉴国内外先进企业文化建设成果，紧密围绕集团公司发展战略和生产经营实际，形成了自身独特的经验。这些好的经验，要在今后的企业文化建设中继续发挥应有的作用。

一是企业文化必须具有先进性，符合时代潮流。在天津港的发展历史上不缺乏开放变革的基因，也不缺乏艰苦奋斗、团结协作的精神，但缺乏的是以人为本，缺乏对员工个人发展的重视。我们提出的“发展港口、成就个人”的核心价值观，符合以人为本的时代潮流。因此，当我们“发展港口、成就个人”的核心价值观一经提出，就受到社会的广泛关注和员工的普遍认可，进一步调动了发展活力。

二是企业文化核心价值体系的构建完善，必须保持与企业发展战略同步规划、同步实施。企业文化核心价值体系是企业战略思想的表现，能为企业战略的制定、实施和控制提供前瞻性的指引，同时也必须随着企业战略的调整而作出相应的变化，这是我们在确立建设世界一流企业战略后，必须立即着手改造和提升企业文化的哲学基础。

三是企业作为多元利益相关者的统一体，它的文化也应当具备相应的多元性，企业发展的价值取向必须代表大多数相关者的利益，尊重各方诉求，不断充实、完善、深化和改进天津港的价值体系，建设一种既具有包容性又兼顾社会各方期盼的文化体系，唯有如此，才能使我们的企业文化成为调动各类资源、汇集各方力量和智慧的动力源泉。

四是企业文化的核心是企业哲学，而企业哲学具有长期稳定性。因此，我们的企业文化建设必须提升到企业哲学的高度，才能保持长久的活力和稳定性。企业哲学一旦深深植根于全体员工的心中，就不会因人事变迁而改变。“发展、人本、卓越、和谐”是10年来始终贯穿于天津港企业文化建设之中的企业哲学，它不仅成功助推了世界一流大港的建设，而且必将有力地指导我们开创建设世界一流企业的伟大事业。

五是企业文化的落地推进必须与现代企业制度的建设紧密结合。企业管理的最高境界是文化管理，而文化管理不能飘浮在空中，而是要借助基于人本管理的现代企业制度来落地。近年来，我们在制度建设上充分体现了“以人为本”的理念，形成了规章制度健全、管理科学规范的局面。下一步，我们要继续把企业文化渗透到每一项规章制度、政策及工作规范和行为准则中，实现制度与文化理念的协调一致。

总的来看，企业文化的改造提升和落地生根是理论与实践相结合、相统一的过程，也是企业文化核心价值体系持续改进的过程。从这一点上来看，构建支持世界一流企业建设的企业文化不是一蹴

而就的，可谓任重而道远。回想2002年，我们在缺乏经验、缺少人才的条件下启动了系统化的企业文化建设，十年来成功地支撑了世界一流大港的建设。现在我们又站在创建世界一流企业这样一个关键的历史时刻上，我们迫切需要改造和提升天津港集团的企业文化。尽管前路不是一片坦途，但是我想，有十年的成功经验，有多年积累的发展基础，有集团公司领导班子的决心和全体员工的共同努力，我们的目标就一定能实现。

后记

文化之旅

歌德曾说：“人之所以热爱旅行，不是为了抵达目的地，而是为了享受旅途中的种种乐趣。”创作《奔跑者的梦想》，就像开始了一段充满着期待、探究、快乐与回味的文化之旅。

旅行的起点是天津港经过十年文化建设、成果丰硕的第一个十年。一路上，我们的足迹踏遍天津港百里港湾的北疆、东疆、南疆。无论是迎着渤海湾初升的朝阳，在集团总部、独资企业、合资码头的文化游历，还是伴着暖暖的夕阳，在码头岸边、办公楼宇、基层队站的文化探寻，每一次人物访谈，每一个精彩故事，无不让我们领略着十年来天津港“发展港口、成就个人”的核心价值观以及“家庭、军队、学校”的“鼎”文化，在这个世界一流大港所形成的瑰丽、迷人、独特的人文风景。

旅行的意义在于风景，也在于旅伴。《奔跑者的梦想》创作团队来自天津港企业文化建设的一线。从团队组建、思想碰撞、理念磨合，到亮点形成、文字推敲、全书统稿，一路走来，团队里的每一个伙伴既被采撷而来的天津港文化成果的果香四溢所深深陶醉，更为能够肩负起文化使命、参与这件意义非凡的集体创作而深感幸福。旅途中，大家相互帮助、彼此启发、共同学习分享的宝贵经历，也成为这次文化之旅难忘的记忆之一。

旅行最吸引人的绝妙之处，更在于它永远充满着未知与期待。站在天津港建设世界一流企业新的发展起点，我们有理由相信，《奔跑者的梦想》中所描述的每一个文化故事都不会是句点，那些形象、生动、富有哲理的人物和故事必将伴随着天津港的不断发展而更加丰富、饱满和灵动，成为文化之旅的一处处新地标，等待着未来的人们去发现、去感悟、去聆听。

在结束《奔跑者的梦想》旅程之际，我们要特别感谢接受我们采访和参与故事评论的同仁，你们是天津港企业文化的实践者和传播者。还要衷心感谢为本书写作提供帮助与支持的所有人。在本书的写作过程中，集团公司领导张丽丽、郑庆跃、王存杰给予了极大的关怀，为本书的框架设置和内容编辑提出了很好的意见与建议。感谢所有编委成员为此书付出的努力。

最后感谢所有本书的读者，希望通过《奔跑者的梦想》，让你的天津港文化之旅不虚此行。

编委会

2014 年 8 月